浅見帆帆子
Hohoko Asami

自分を知る旅

毎日、ふと思う⑭　帆帆子の日記

廣済堂出版

カバー・本文イラスト／浅見帆帆子

つれづれなるままに、日くらし、硯《すずり》にむかひて、
気の向くままに　毎日パソコンに向かい
心にうつりゆくよしなし事を、
ふと思いつく何気ないことを
そこはかとなく書きつくれば、
なんとなく書いていると
あやしうこそものぐるほしけれ。
不思議なほどワクワクしてくる

吉田兼好
浅見帆帆子

2014年1月1日（水）

あけましておめでとうございます。友人宅で年越しをして、今帰ってきたところ。

さっき書いた書き初めを寝室の壁に貼った。今年は「信じる力」と「笑って突破」の2枚。はじめに「信じる力」と書いたら、ひとりがまったく同じ言葉を書いていたのでもう1枚追加した。他の人は「駿馬になる」、「型を破る」など。

帆「ねえねえ、『型を破る』って、去年の書き初めも似たような言葉を書いていなかった？」

友「去年は、『型を作る』……」

なるほどね、型を作ったら破りたくなったんだね。

私の母は「扉を開ける」と書いていた。「扉を開ける」は、この数年、母がいろんなことが見えたり聞こえたりする能力者のような人に言われ続けている言葉で、母の人生には「新しい世界が拓《ひら》ける扉」がまだ何個も用意されているそうだ。その扉がきたときにはためらわずに開けよう、という思いで書いたらしい。

ひとつの扉は、去年開いた。「陶芸」だよね、たぶん。あんなにはまっていたしね。


↑一年以上経った今「違うかも……」とか言ってるママさん

さて、午後は身内で初詣。

近くの氷川神社は大通りのあたりまで人がいっぱい。活気があっていい。

1月2日（木）

きのうも今日も、家族や親戚たちとの新年のお祝い、お腹いっぱいで苦しい。

我が家は祖父母や親戚含め、全員が東京出身なので誰にも田舎がない。閑散としている東京を見ると、東京出身の人って少ないんだなあと思う。弟夫婦と、お昼から夜にかけてダラダラとしゃべる。

1月3日（金）

今日から、友人のOさんファミリー（ご主人のOさん、奥様のEさん、大学生のお嬢さん）と神戸、広島方面へ旅行。

朝、9時前に東京駅へ着いたら、いつもより人が多くてワサワサしている。お正月だからかと思ったら、朝の6時台に発生した線路脇のビル火災で東海道新幹線が停まっているらしい。再開には相当な時間がかかる、というアナウンスが流れている。

とりあえず、滋賀から京都経由で合流するOさんファミリーに電話。

1時間ほど待ってから、切符を払い戻してうちに帰る。

「まあ、食事でもして待っていましょう……またお節だけど（笑）」と言いながら、お節の残りと東京駅で買った餃子でお昼にした。ネット情報では、まだ炎上しているみたい。

Oさんファミリーは滋賀から普通列車に乗ったけど、その路線でも人身事故があったらしく、突然全員がホームに降ろされたという。シンクロしてるね。

アリスのティーパーティーのスタンプと一緒に、「こちらは今、餃子を焼いていています」とラインしたら、「ホホコの餃子パーティー！　そっちに参加したい～」と返信あり。

さてお昼過ぎ、お昼寝でもしようとベッドにもぐったら、その後すぐに新幹線が再開したらしく、またモソモソと起きてタクシーで東京駅へ向かう。

今日は箱根駅伝の復路があるそうで、大手町付近には応援の人だかりができていた。

そしてなんと、目の前をランナーが通るらしく、私たちのタクシーの前から通行止めになり……このタイミングの悪さは一体……と、また呆然とする。

幸い、運転手さんがすぐに迂回してくれたので少し待つだけですんだ。

「途中にいろいろあったけど、最後はたどり着くということよ……」とママさん。

そうか、そうだね。書き初めの「笑って突破」をチラッと思い出す。

東京駅のみどりの窓口は長蛇の列だった。わりと空いている列に並んだのに、先頭まで行ってみたらその列はＪＲ東日本の切符専用で（神戸行きは西日本）、トホホと思って新たに並び直す……笑って突破！

２時10分の切符を買って改札を通ろうとしたら、一番はじめの新幹線から順番に出ているようで、今ようやく朝の10時台の列車が出ているとのことだった。

ということは、私たちの切符の時間にたどり着くまで、あと２時間はかかるだろう……トホホ、笑って突破！

帆「これさぁ、はじめの切符を持っていたら、今頃、乗れてたってことじゃない？」

マ「あら、でもそれにはね、あのままここに、３時間くらい待っていなくちゃならなかったのよ!?」

帆「そうだよね!?　家で美味しいお昼食べて、体も休めたからこのほうがよかったよね」

マ「そうよそうよ。待つっていう修行よ」

と言い合う。

それからは、掲示板に出てくる「次に出発する新幹線の番号」をひたすら見つめて過ごした。順番通りに出るわけでもないらしく、11時台の新幹線が出た後に、また10時台のものに戻ったりもするのだ。私たちが乗る予定の２時10分の電車より先に、13分の表示が出たときは、忘れられたのかと思ってドキドキした。

夕方の４時頃、ようやく乗れた。４時ってどうよ！

グリーン車は空いていたけれど、ここで次の試練！

新横浜から乗ってきた赤ちゃん連れの家族、その赤ちゃんがたまに大きな声を出すので、そのたびに昼寝から起こされた。

これ、広島までずっと続くのだろうか……。母親がまったく注意をしていない……私、こういうのって本当にダメ。赤ちゃんというのは大きな声を出すものだから、そこは仕方ない。でもグリーン車に乗っている人たちは、倍近くのお金を出して「静けさ」も買っているのだから、グリーン車に乗る以上は少しでもうるさくなったら席を立つべきだ。

しばらくして誰かから苦情が出たらしく、頻繁に外に出るようになったけれど、それでもちょこちょこ戻ってくるのであまり意味がない。

新大阪近くになって、やっと子供が眠った。

大阪を過ぎたあたりから、前の列車がつまっているとかで、何度も停まりながら8時過ぎに新神戸の駅に着く。

疲れた……。

到着に2時間以上のずれがあるので、特急券の払い戻しをしてくれるという。

そしてここでも、ビックリの事態が……。これだけ長蛇の列なのに、先頭でさばいている駅員はひとりだけ。「3、4人出せ！」と思う。さらに、その先頭にいる駅員が非常に要領が悪い。

こんなの、はんこを押すだけでしょ？　数枚の切符が絡み合っている人もいるけれど、こういう非常事態なんだから、大事なことは、どんどんはんこを押してこの列を少しでも早く減らすことだ。みんな、急いでいるんだから。

「はんこをもらった人は、自動改札機ではなく、係員のいる出口から出てください」というような、全員に共通する注意をひとりひとりにゆっくり説明しているけれど、そんなのは、別の駅員が全員に一斉に声かけをすればいいのだ。

一言で言うと、統率力、ゼロ。私、こういうの本当にダメ。

東京から来たらしい後ろのおじさんと、「私たちで方向整理、しちゃいましょうか」と意気投合。

はあ、グッタリと疲れてタクシーに乗る。

帆「今度こそ、なにもなく着くよね」

マ「まだわからないわよ〜、フフフ」

とか言いながら、ホテルオークラにチェックイン。

着いた。よかった……。

海側のデラックスツインだった。ネオンがきれい。

夕食をすませたOさんファミリーと合流（思わず、抱き合ったね）、ホテルの部屋で乾杯する。

あの後、彼らはタクシーで京都駅に向かったそうだれど、京都ものすごい混雑でなかなかお昼を食べることができず、そこから乗った新幹線も大変だったらしい。

Oさんたちは入場券だけでグリーン車に乗って来たんだって（もちろん、見回りの人が来たら払うつもりで）。グリーン車はガラガラだったけど、普通車やそれ以外の通路には座りこんでいる人もたくさんいたらしい。

その場の判断で入場券だけでホームに入り、ちょうど来た新幹線のグリーン車に乗ってきた彼女たちの柔軟な動きを聞いて、「生き抜く力」を感じる。

そう、ちょうどこのあいだまでOさんにいただいた『命のビザを繋いだ男』という本を読んでいたので、そこに出てくるユダヤ難民と重なったのだ。

「僕たちの場合は、途中になにがあっても確実に目的地に着くけど、彼らにはその保証はないわけだからね。明日殺されるかもしれない、という……」

とOさん。そういうときに大事なのは、「運」と「生き抜く力」だ。まわりの人の動きではなく、全体の状況と自分の直感を信じて動く力。

それにしても、今日のこの混乱……たった1軒のパチンコ屋の火災が原因だっていうけれど、日本の危機管理は大丈夫だろうか？　新幹線で読んでいた本『失敗の本質』にもあったけど、日本の指揮系統やルールの仕組みって、平和なときはとても質が高いけれど、有事のときには機能しない仕組みらしい。

3・11が思い出される。本当に興味深い一日だった。

1月4日（土）

朝。明るくなってから見る窓からの景色は、かなりさびれていた。ネオンのついている時間にチェックインしてよかった。

タクシーで異人街をさらっと見る。Oさんは、神戸がはじめての私たちにいろいろ見せるつもりで、もっとゆっくり歩きたそうだったけど、

帆「いいですよ、メインのところをちょっと歩くくらいで」

マ「タクシーの中から見るだけでもいいわ」

E「通過するだけでもいい……」

というやる気のない女性陣に押されて20分くらいしか見なかった。「風見鶏の館」など。「きのう、予定どおりの時間に着いていたら、今日まわるところがなくて手持ち無沙汰だったよね～」

「夜に着いてよかったよね～」

なんて、みんな言ってる（笑）。


大学生のお嬢さんとは新幹線のホームで別れ、私たち大人組は広島へ。

駅でレンタカーを借りて、まず「広島東照宮」に行った。

階段が高～いところまで続いていた。

おみくじのメッセージは初詣でひいた内容とそっくり。今の私はこれなんだな、と思う。

参道に出ていたお店で綿アメを買う。


午後は尾道へ。車で1時間ほど。尾道も全員はじめて来るけど、思っていた以上に寂しかった。勝手なイメージで、もっとこう……京都の三年坂みたいなものを想像していたのだけど、違った。「小寺の道」という、お寺とお寺を結ぶ住宅街の細い路地を歩く。

最後にロープウェイに乗って、山の頂上へ。

「なんでこのメンバーで、こんなところにいるんだろうね」

という、この旅行で何回も繰り返したことを、また誰かがつぶやく。

「絶対に、前世のなんかだよね」

帰り、私たち女性3人はロープウェイで、Oさんは徒歩で山を降りた。

「たぶん、私たちのほうが早いから、先に着いたら下のカフェに入ってますね」

と言ったら、

「いやあ、たぶん、私たちより早く着いて驚かせよう、とかすると思うんだよね〜」

と奥様のEさんが言っている。

「常に、どうやったら面白くなるかを考えているから」

だって。ロープウェイを降りてもOさんがいなかったから、さすがに私たちのほうが早かったねと言いながらカフェに入ったら、一番奥の部屋にOさんが座っていた。

お店の人に何回も聞かれ何回も「違いますっ!」と言った(笑)

ワッフルはとても美味しくて、お客さんもいっぱい。このお店が流行るの、よくわかる。黒い木の梁《はり》が特徴的な洗練された内装、何種類ものワッフル。下山した人のほぼ全員がここに入るだろう。「尾道でここが一番よかったわ」とか言ってるママさん。

広島市内に戻り、今日の夕食はどこにしようか考える。旅先の夕食って、たいていいつも出発前に美味しいところを予約しておくことが多いのだけど、Oさんファミリーは、いつもその場のノリで決めるらしく、ピンときた「鮮魚のおいしいお店」に行く。

生牡蠣《がき》、カキフライ、焼き牡蠣、魚のてんぷらやお刺身など。最後にうに飯と太巻きを食べた。Eさんは生牡蠣を15個くらい食べていた。ここのご主人と奥さんがとてもいい人たちだった。私たち東京人の、牡蠣への無知な質問にも親切に答えてくれた。

ホテルにチェックイン。ここでもトラブルが勃発する。

今回のホテルは「〇〇〇〇〇〇〇ホテル広島」、部屋はエグゼクティブフロアのデラックスツインを2室とっておいたはずなのに、案内された部屋は、どう考えてもビジネスホテルのような狭いツインルームだった。部屋と新幹線の手配は、EさんがJTBにお願いしていて、パンフレットから、「この写真のこの部屋」と指さしてお願いしたそうなので、明らかにその写真とこの部屋は違うと言う。

ここから、Eさんの、ホテル側との話し合いが始まる。

手元にある予約完了の紙には、「この部屋」とパンフレットを指して指定した部屋と同じ名前の部屋が書かれてある。それなのに、通された部屋は写真とはまったく違う部屋……それをホテルに伝えたところ、その通された狭い部屋を「この部屋がデラックスツインです」と言われたらしい。ビックリ。

そのパンフレットをよく見ると、下のほうにとてもとても小さな字で「アップグレードするには、ひとり1000円の追加料金が発生します」と書いてあった。つまり、アップグレードしないと写真と同じ部屋にはならないという……まったくわかりにくい、とても不親切。その1000円のルールを説明されていたのならともかく、説明のないまま豪華な写真の部屋と同じ名前の別の部屋に通すなんて、信じられない。「この部屋」と写真を指さして予約したのに……。

Oさんいわく、「つまり、この写真の部屋でお客さんをつっておいて、空いている部屋から順番に埋めている」という仕組みらしい……。

それでも、非を認めようとしないホテル側に対してEさんは、

「これ、もし私たちが接待に使っていたとしたら、『この写真の部屋』、とお願いしたのに実際は狭い部屋に通されて、私たちは恥をかきますよね。あなただったらどう感じますか？」

となかなかの剣幕で伝え、これが決め手となり、部屋を交換してもらうことになった。

しかし、ここからがEさんのすごいところだった。

ホテル側ははじめ、「このパンフレットをコピーさせてください」とJTBの説明不足、JTB側の非、ということで収めようとしたらしい。別にそれでも、私たちとしては予定どおりの部屋にアップグレードされるので問題はない。でも大事なところはそこではない。

「いや、違うでしょ。これはあなたたちが出している金額設定の仕組みでしょ？」

と、ホテル側の間違っている点を指摘したEさん。そして、

「もっとこうすればお客さんも混乱しませんよ？」

と穏やかに話を進め、結果的にアップグレード代金を払わずに広い部屋に通されることとなった。今後、この金額設定はなくなるだろう。

通された部屋は、これなら納得という、ゆったりした十分な広さの部屋だった。窓ガラスに面した角のお風呂も眺めがいい。

マ「普通のお客さん（特に日本人）は、こういうときになにも言わないんでしょうね、主張

することと文句を言うことは別なのに」
帆「そうそう。寝るだけだし、とか、まあいいか、とか、自分の勘違いだったかな、とか思い始めるんだよね、たぶん」
E「とにかく、このホテルのいい加減な金額設定はあり得ないね。だいたい、この広い部屋が1000円のアップグレードっていうのもおかしいよね。これは倍の金額をとっても十分だと思わない？」
このホテル、従業員の教育もなっていなかった。Oさんが、ジムは何時から開いているかを聞いたら答えられず、私も別の人に同じことを聞いたら、部屋についている資料を開いて答えていたし、運動靴やウェアをレンタルできるかを聞いたら、「有料なんです」の一言だった。こちらとしては「有料だろうと無料だろうと関係なく、あるかどうか」を聞きたかったのに、個人的な感覚で返事をしているんだよね。
O「つまり、社員研修がなっていないということだ」
帆「Oさ〜ん、教育したら？（笑）」
と、人材教育の仕事をしているOさんに言う。
マ「早朝にジムを利用する人とか、いないんじゃないかしら？」
O「でもさ、特別なことを聞いているわけじゃないんだから。ホテル内の施設の開始時間なんて、一番聞かれることだよ」
帆「もしこういうところに、私たちの誰かが就職したとするでしょ？　そうしたら、すぐにそのおかしいところに気付いて、もちろん全体の仕組みをすぐに変えることはできないけれど、まず自分はそういうことがないように勉強すると思うんだよね。それでどんどん昇進して、あっという間に上にいくよね」

E「社長だよ（笑）」

私たち日本人は、とかく、「文句を言わないほうが偉い」とか「この状況でもいいと思える人のほうが素晴らしい」という方向に考えがいくけれど、それは、自分たちの状況をきちんと主張してからの話だ。きちんと説明すること、伝えることが大切。

それがときと場合によって「生き抜く力」になったり、成功哲学になったり、夢を実現させていくコツになったりもする。そしてやるだけやった後の状況は、「ベストなことが起こっているからこれでいい（よかった）」と捉えることだ。自分の個人的な好みで言うと、こういうときに、きちんと主張できないような男性って、私は苦手。そういう主張ができることが、ときとして家族やパートナーを守ることにつながると思うから。

1月5日（日）

今朝はゆっくり。それぞれに海沿いを歩いたり、ジムに行ったり、お風呂に入ったりして過ごす。チェックアウトをして、ラウンジでコーヒーを飲む。

みんなで、きのうのことを思い出してまた笑う。

さて、車でフェリー乗り場に行き、宮島行きのフェリーに乗った。

宮島に着いて、厳島《いつくしま》神社の近くまでナビのとおりに進んだら、参道の真ん中のものすごく人の多い道に出てきてしまった。地元の人に、「ここ、車で通っていいんですよね?」と何度も確認しながら、そろそろと進む。本殿に一番近くの駐車場がひとつだけ空いていた。

雲ひとつない抜けるような青空。平安時代から抜けだしてきたような景観。すがすがしい。鳥居を背にして写真を撮る。

今、私は未来に対してあまり希望がなく、この数ヶ月もわりと停滞しているので、神社に行ってもこれといってお願いすることがない。恋も終わりかけで疲れてるし。なので、今日も無事に生きている感謝と、「これからもよろしくお願いします」だけをつぶやく。

近くにある宝物館へ行った。Eさんは、「私はちょっと休憩」とか言って、近くの出店で牡蠣を食べている。こういうところ、本当に感心する。自分のペースで進むところ。そう言えばきのう、広島の異人街で「風見鶏の館」に入るときも、ブーツを脱ぐのが面倒という理由で「私はちょっとここで休憩（笑）」とか言って待ってたな。

駐車場に戻って、焼きとうもろこしと草だんごと焼き豚と揚げつくねを食べる。

「さ、お昼ご飯はどこにする?」とか言ってるEさん（汗）。

Oさんが、出店の射的をやったら、パンパン倒して大盛り上がり。

ふと後ろを振り返ったら、すごい人だかりができていた。

さて、次はどこに行こうかと地図を見て、水族館に行くことにした。

このメンバーで水族館……。

アシカのショー、トドのエサやりなど、なかなか面白かった。
トドって……近くで見ると、すっごい。

シワとか
ヌラヌラと黒光りの肌とか
あまり近くで見なくていいかも……

いつのまにか潮が引いていて、鳥居まで歩けるようになっていた。
あそこまで歩いて行けるなんて知らなかったぁ。
柱の近くで写真を撮る。
それから宮島の商店街でおしゃもじを買った。シカがたくさんいる。

今日の旅館に着いた。

ここで、また不思議なことがあった。もういちいち驚かない私たちだ。

予約していた部屋は4人で3部屋。Oさんご夫婦が、一部屋ずつ別の部屋に泊まりたいからだ。

今朝、旅館の人から電話があり、「4人で3部屋の予約になっていますが間違いありませんか?」と聞かれたので「間違いありません」と答えた……はずなのに、着いてみたら勝手に2部屋にされていた……トホホ。

きのうの続きですっかり「やる気」になっていた私は「よし、今度は私が話をしてまいります!」とフロントに話に行くと、あっさり3部屋に戻り、お詫びのフルーツが届けられ、しかも角部屋の露天風呂付きにアップグレードされた……もう、よくわからない(笑)。

ここは布団もフッカフカ。露天風呂から厳島神社の鳥居を見下ろすことができ、水辺の明かりもきれいに見える。

食後、Oさんご夫婦と夜の商店街をウォーキング。ママさんは露天風呂。ライトアップされた鳥居が浮かび上がっている。

一方、真っ暗な商店街は、シカが歩きまわっていた。シカの町。

「これ、すごいね。『千と千尋の神隠し』みたい」

「……どこが?」

「……ほんとだ、全然違うわ」

「戻ろう、なにもない」
旅館への道から上を見上げると、私とママさんの部屋が見え、たぶんあの一角は露天風呂、というところが見えた。
Ｅ「あ、ママさん入ってるね、呼んでみようか」
帆「でも、それでお風呂からザッバーと立ちあがっちゃったら……」
Ｏ「……どっちが慌てるかな（笑）」
なんて楽しく話し、結局呼んだけどママさんは気付かなかった。

1月6日（月）
東京に戻る。なかなか印象深い旅だった。日本も広い。

今年になってから5回おみくじを引いたけれど、そのうち3枚が大吉。２枚が吉。「大吉」とか「吉」というようなのはどうでもよくて、そこに書かれているメッセージが今の自分に必要なことを表しているので、おみくじは気が向いたときによく引いている。
そのどれもに共通している言葉を簡単にまとめると、「なんでも思うようになる運だけれど、短気に気をつけよ。ふたつを望むと失敗するので、相手のペースにまかせよ」というようなことだった。
了解！　ふたつってなんだろう？

1月8日（水）

今日、コンサルタントの仕事をしているIさんに、

「僕、まだ浅見帆帆子さんがつかめない（笑）」

と言われた。

私の講演会にも何度もいらしてくれたというIさん。

I「どうしたら浅見帆帆子になれるの？　と聞かれたら、なんて答える？」

という質問をされた……どういう意味だ？

I「つまり、こういう考え方をすると浅見帆帆子のようになれる、という行動や考え方のポイントがあると思うんだけど、一言で言うと、それはなに？」

だって……。本、読んでくれる？　と思ったけど、
帆「自分の本音で生きるってことじゃない？」

と言った。

I「でもさ、『本音で生きている』と本人は思っていても、それは帆帆子さんの言う『本音で生きる』とは違う基準だったりするじゃない？　つまり、浅見帆帆子はこういうときはこうするっていう具体例が欲しいんだよね」

帆「選択の瞬間に、自分の心が楽しい気持ちやワクワクする気持ちになるほうを選ぶの。またたは、そこまでワクワクがないのに選ばなくちゃいけないときは、モヤモヤしないほうを

選ぶ……それを続けていると、その人の幸せのほうへ進んでいくよね」と答える。

Iさんって、どんなことでも分析して統計立てるのが得意だから、ほとんどルールがない私のやり方とかが謎なんだろうな。

でも私にしてみると、ルールはかなりある。それがズバリ、私の本音で生きる（選ぶ）っていうこと。

なにかを選ぶ基準は、私がそこにワクワクや「快」を感じるかどうかだ。前回とまったく逆でも、そのとき私の本音がワクワクを感じたらそれを選ぶ。逆に前回とまったく同じものでも、今回はワクワクしなかったらそれは選ばない。つまり、「自分の本音の感じ方を基準にする」という点が絶対的なルールだ。

目に見える条件や、世間の常識や、過去の分析は、実はなにかを判断するときにほとんどと言っていいほど当てはまらない。だって、他の100人にはそうであっても、自分は例外かもしれない。私にとって良いものが、隣の人にとって良いとは限らない。

それを教えてくれるのが、それを見たとき聞いたとき、想像したときにふと感じる心の感覚、本音、直感。それぞれの本音のとおりに進んで行けば、それがその人にとっての正解だ。

正解とは……というようなことをベラベラ話していたら、あっという間に時間がきたので、「じゃあね」と席を立つ。

1月9日（木）

年末からしている毎朝の床の雑巾がけ。今日も起きてすぐに拭き拭き。スッキリ。

ニューヨークの知り合いと、スカイプで話をした。彼女の話を聞いていたら、この数年になかったような「どっしりと腰が据わった気持ち」になった。これから先、なにが起ころうとも、私の進む方向はこっち、というのが定まってきた気がする。

気持ちの持ち方の方向が定まった、というほうが近いかな。

このあいだコンサルタントに話したことと似ているけど、これからもなにかを選択するときに私の本音で選んでいくということは、私の人生は、私の感性と好みに合ったものになるに決まっている。と言うか、それ以外のものにはならないのだから、焦らずゆっくり、どっしり構えていればいいや、と思ったのだ。

1月10日（金）

きのうのあの落ち着きを経験して、久しぶりにとても爽快に目覚める。

思えば、私は去年の秋くらいからかなり気持ちが落ちていた。

「私は一体どこに向かっているんだろう」という感覚で、心もとなく、海に浮かぶ一枚の葉っぱのようだった。

ゆらゆらゆらゆら、先がわからず漂っている。それは決して、自然の流れにまかせるという心地良さではなく、心許なさのほうが勝っている感じだった。

仕事について言えば、目の前の本一冊一冊の作業はとても楽しいし、ファンクラブ「ホホトモ」の皆さまとの交流も楽しみ……でも全体の方向として、「この先どこに向かうんだろう」という感じだったのだ。

プライベートもやはり「どこに向かっているんだろう」だ。日常のエネルギーの平均値が低く、それがしばらく続いていた。

それがきのうから、腰が据わったようなどっしりした気持ちになったのだ。

まだ100パーセントじゃないけど、少し抜け出した感じ。


さて今日も、コンサルタント（のような人）に会った。

ここでも、「私」というものを解剖されて非常に面白かった。1月末から始まる英語版電子書籍プロジェクトについても、進め方や気をつけるべきことがわかって、ためになった。

夜は、友達5人で「うかい亭」で新年会。

東京タワーが冬空に映えてキラキラしていた。

1月11日（土）

あ、今日は111の日だ。

私のラッキーナンバー。これを見かけるときは、「その状態でいいよ」とか「今考えていたことは正解だよ」ということにしている。

1月12日（日）

今日もせっせと掃除。

秋くらいから続いている「私はどこに向かっているのだろう」という感覚をよ〜く観察してみると、今、私は「変化が欲しい」という状態なんだと思う。新しい目標とか、新しい生活とか、新しく打ち込めるものとか……。ワクワクすることや、目指していることや、「今ここに向かっています！」というものが今はない、それが欲しい！

そこで自分の心に聞いてみた。

今、私が心からワクワクすることはなんだろう？　なにがやりたいだろう？　どんなことになったらワクワクするだろう？

新しい習いごと？　だとしたら、あれはどう？　それともこっち？　……いや違うな。そういう遊びや一時的なことにはワクワクしない……と、ずーっと心の深く深くに潜って、わかりました！

マンションが欲しい！

この「賃貸」という生活の形が嫌になっているんだ。嫌というか、私は衣食住の中でとにかく「住」の優先順位がものすごく高いので、賃貸という形は私の中で宙ぶらりん状態で「とりあえずの生活」という気がする。落ち着いて仕事に打ちこめない。そこをしっかりさせたい。

そう思ったら急に楽しくなってきたので、さっそくそのことを親に電話。

「わかるわぁ、あなたってそのタイプよね」

とママさんに笑われた。

考えてみれば、父にはずいぶん前から買うことを勧められていた。

うんうん、そうだ、そうしよう。物件を見に行こう。それが、今一番私が活気づくこと！

さて今日は、広島にご一緒したOさんファミリーのお嬢さん、Aちゃんの成人のお祝い(@ホテルニューオータニ)。私が成人の頃、ホテルでパーティーを開く人は、ほとんど親がアレンジしていたけど、Aちゃんはすべてを自分で企画プロデュースしているところがすごいと思った。

お琴、ピアノ、歌（ジャズ）、タップダンス、サックス、チェロなど、彼女のこれまでの習いごとが順番に披露され、そのひとつひとつに笑えるアレンジがなされていて感心した。

Aちゃんのはじめの挨拶で、

「私のまわりには『いつまでも学生でいたい、大人になりたくない』と言っている友達もいるけれど、私にはいつもその意味がわかりませんでした。私のまわりは『大人って最高に楽しいよ』ということを、身をもって示してくれている大人ばかりだからです」

という部分がとても良かった。その瞬間、会場のたくさんの人がうなずいていたと思う。

「それ、自分のことだ」と思っている人も多そう。

そう、大人って本当に楽しい。自由だから。自分でやりたいことを決められるから。決められないと思っている人も、それはそう思いこんでいるだけで、「決められない」という状況を最終的に受け入れているのは自分。

子供は、たとえば環境を変えたいと思っても自分ひとりの力で変えることはできない。たとえば学校でいじめにあったときに、大人だったら自分の意思で「そこに行かない」とすることもできるけれど、子供にそれはできない。親の下、社会の下、法律の下、子供は守られている分、不自由なことが多いのだ。

私は小さなときに不自由さを感じたようなことはなかったけれど、それでも大人本当にいい、と思う。

1月13日（月）

今日はゴルフだったけど、やっと風邪が治ってきたところだったので、お休みさせていただいた。今日のゴルフ場は氷点下らしい……。

1月14日（火）

長年お世話になっているケン・コーポレーションのTさんにマンションのことを伝えたのが、数日前。すでにいろいろと候補が挙がってきている。

まずい！　楽しすぎる！

「これ！」というものが見つかるまで、時間をかけて気長に探そうっと。

1月16日（木）

午前中は、仕事の雑用をちょこちょこと。

午後、さっそく物件を見に行く。

Tさんは、相変わらずヒョロッとしていて柔和な顔立ち、穏やかな物腰だった。今の部屋も含め、これまでに4軒Tさんの紹介で物件が決まっている。そのあいだには、Tさんの結婚があったり、弟もお世話になったりしたものだ。

今日は5軒見たけど、お眼鏡にかなうところはなかった。

どこも、今の部屋のほうが10倍いい！　と思える。

今住んでいる部屋は、親の世代が若い頃からある建物なのでとても古いのだけど、知っている人は知っている昔のいいマンション。

だいたい、この部屋に決めたときも、「ママ、昔からこのマンションの見付が好きだったのよ～」というママさんの意見と、オーナーを知っていたパパさんの「あの人だったら、中もたぶん凝ってるよ」という意見で決まったのだ。

外国人向けにできている物件にありがちな、廊下や扉が広く、間取りも大きいタイプ。3ＬＤＫの広さを2ＬＤＫに使っていて、オーナーが内装にお金をかけているので、海外のアパルトマンのような独特の雰囲気がある。ただ、古い……。

今のところみたいな雰囲気がないとなあ。中は改装するにしても、最近建ったような「どこも同じような雰囲気」のマンションにはなかなか気が動かない。ただただ近代的でホテルのような外観は、私好みではない……。

エリアはすごく絞っていて、低層階であることが条件。まあこのエリアは低層階しか建てられないので、自然とそうなると思うけど……。

1月17日（金）

2月のはじめから『あなたは絶対！運がいい』の英語版電子書籍を出すための、「クラウドファンディング」が始まる。

主催者Aさんと、打ち合わせ。

Aさんって、私のことになるとものすごくスイッチが入るみたいで、面白い。

「今後の帆帆子さんの役目」みたいなことをアツく語る様子は、選挙演説のようだ（笑）。

終わってから、久しぶりにテニスへ行った。

今は、目の前のことを深く考えずにいろいろ楽しもうと思う。なんせマンション以外は、相変わらずどこに進むかわからずの、「波間の葉っぱ」状態なので。

またテニスに燃えるのもいいかも、と思う。すごく強くて上手な女性がいらしたので、相当なベテランかと思ったら、「きちんと習ってまだ5年よ～」とおっしゃっていたので、それを聞いて火がついたのだ。だいたい、いつもすごく上手なメンバー（全員コーチ）に混じってプレーさせていただいているのだから、本気にならないともったいないかも……という気持ち。

終わって、運動がてら歩いて家まで帰ろうと思ったけど、歩き始めて5分で冷たい雨が降り始めたので、とっととタクシーへ。

1月19日（日）

今日もせっせと床掃除。これだけピカピカにしていて変化が起こらないはずがない、と思いながら。

たまに、目の前の床だけを見つめて集中しているうちに「あ、今、無心になってた！」という瞬間がある。

それから、目につくところの片付け。洋服や雑貨の処分など。

掃除も、あまり深くまで突入すると、こっちの世界に戻ってきたときに疲れ過ぎてなにも手につかなくなることがある。ほどほどのところ、飽きる手前でやめないと、掃除で散らかしたものを片付けるのも一苦労。

今日も、あやうくそこまで行きかけたので、おっとっと、と引き返す。

掃除に飽きたら仕事をして、仕事に飽きたら掃除の世界へ。

1月20日（月）

今日は茶道の初釜だった。

今年は、地味なピンク色の着物にした。↑この色は「とき色」ということを、FBのコメントで教えていただいた。これは60代くらいまで着られるというので、「まだ早い」と思って一度も着たことがなかったもの。意外と肌にしっくりと馴染んだ。

帰ってきてから写真を見たけど、なんか私、いけてない。やはり全体的に停滞している感が写真によく出ていると思う。

☆すばらしき掃除の世界☆
あの飾り棚もやり直したい
あ♡ ここに こんな ステキな物
あの上もさわりたい

船井幸雄先生が亡くなられた。20代前半の頃からとてもお世話になった方だ。

明日のお通夜（密葬）に参列させていただくことにした。

明日からの北陸出張は、一日遅れて参加することにする。この出張、12月に一度延期になったのだけど、また延びるところだった。

1月21日（火）

船井先生のお通夜で熱海へ行く。

行きの新幹線で知っている方々にお会いしたけど、みんな神妙な顔でお辞儀をされていた。

駅からタクシーに乗り、会場に着いてから、「最後に顔を見てやってください」とご子息が言うので、拝ませていただいた。

船井先生とは、私が20代前半のときに河口湖で出会った。私と母と、船井先生を紹介してくださったHさんと、船井先生ご夫妻で食事をして、不思議な話をいろいろうかがった。

当時は、「さすがにその話が全部本当とは思えない」というような奇天烈な内容も多かったけど、今ならそれが事実であったことがよくわかる。

たとえば、「私は毎晩、夢の中で情報をとってくる」とか、「意識だけで水の味を変える」とか、「今後はすべての人が自分の未来を見られるようになる」とか……。

私もこの数年で、寝る前に自分の知りたいことをはっきり意識しておくと夢の中で情報がもらえる、ということはよくわかったし、意識や言葉で水の味が変わるなんて、今ではたくさんの人が知っている。ムー大陸やアトランティス、異次元の話なども、聞く機会が増えたし、自分の未来を察知できることも、最近、感覚としてわかってきた。たとえば、なにかに対して本音でモヤッとすることは、そっちを選ぶと良からぬほうへ行くからそう感じるわけだし、もちろんまだその程度だけど、それだって、自分の未来を見られるようになることの一端だと思う。

あのときは、時代に対して早過ぎて、まわりの常識としては理解されにくかっただけだと思う。

ご子息が「父は、死後の世界も死ぬほど研究してきましたから（笑）」とおっしゃっていたように、今頃「やっぱり死後の世界はこんなだよ!?」とニコニコしているような気がする。

なんだか、時代がひとつ終わったような感じ。

こうやって、人はゆっくりと入れ替わっていく。

1月22日（水）

今日から北陸地方へ出張。

私がデザインしている介護ユニフォームの会社の社長さんと、商社の方々と。

米原から「特急しらさぎ」に乗ったら、一面の雪景色！

寒いんだね〜。窓ガラスに近づくとシンシンと冷たい。

福井県の武生駅で皆さまと合流。

お蕎麦屋さんで鴨南蛮をいただいてから、ミツカワ株式会社の工場へ向かう。

繊維には、「織物」と「編み物」があり、編み物の中に横編みと経編《たてあ》みがあり、それぞれ非常に複雑な工程を経て布が編まれていることを知った。

介護ユニフォームを作るときには、工業洗濯に耐える素材でなければならないことが多いので、使える生地が限られる。風合いのある、もう少し上質な生地を使いたいと思っても使えないのだ。でもここでは、その生地を工業洗濯使用に開発してくれる、という。現場の開発魂に頭が下がる。


夜は、地元でおすすめの和食屋さんへ。

見渡す限りの畑の中に、ポツンとある一軒家の素敵なお店。地元のおいしいお酒をいろいろいただいた。

ご一緒させていただいた地元の繊維会社のM社長は、とてもいい雰囲気だった。

1月23日（木）

朝、ホテルの前は真っ白。でも気温はけっこう高い。こういうの、珍しいらしい。

今日は、富士経編株式会社と、サカイオーベックス株式会社の工場へ行く。

1本の糸から1枚の布になるまでこれほど多くの工程を踏んでいることに驚いた。

私が想像していたより10倍くらいたくさんの工程がある。

現場の人たちの働きに、感謝の気持ちでいっぱいになる。工場の様子を知らなくてもデザインはできる。でもあれを見るのと見ないのとでは大違い。真摯《しんし》な気持ちになるし、1枚の新しい布を商品開発していただくことの大変さも思う。本当に、来てよかった。

そうそう、案内役としてこの出張をアレンジしてくださった商社のSさんが非常に面白かった。ほんっとうに根っからの営業マン。

トークも面白いし、説明も的確。ご自分でも「僕はサラリーマンの営業に向いているので、すごく楽しいです」とおっしゃっていた。この軽快トークは……学生時代の合コンを思い出すほどだ。

「本当に営業マンですね～」

と何度も言っていたら、

「それ、『カルイですね～』と言われているようにしか聞こえないんですけど（笑）」

と言われた、ハハハ。

Sさんのおかげで、出張の楽しさが倍増した。こう思わせるところも営業マン！

1月25日（土）

なんと、物件が決まった!! まだ見始めて2日目、8軒くらいしか見ていないけど、もう絶対にここしかない！！！ という物件にめぐりあってしまったのだ。

すべての点で、いいことだらけ。私の予想をはるかに超えた満足度、うれしすぎる！

この物件を見に行く前、資料をもらったあたりから、「ああ、もうここに決まるだろうな」という予感はあった。他のところと比べて段違い。内装があるインテリア雑誌に紹介されていたほどなので、内装は問題ないし、立地もマンション全体もパーフェクト。

マンション全体の戸数（40数戸）に、エレベーターホールが3つあり、マンションのエントランスから奥に入って行くまでも、静かで奥深くて大人の感じあり。

そしてやはり、室内に入ったとたん、「はい！　決まり〜！」という感じだった。

ここ以外にどこがある？　という条件。

ここも間取りの壁をなくして広く使っているので、ひとり暮らしの私にとってはベスト。

その時点で、仮押さえしてもらった。

1月26日（日）

ああ、きのうのマンション、良かったなあ……すごくうれしい。

うれしいことがあると、仕事もグングン進むものだ。

今朝もいそいそと掃除。

私のすぐ後にも内覧予約している人がいたらしいし、タッチの差で、私にとってありがたい条件でめぐり逢った。こういうことも、掃除のおかげだと思う。


マンションのことをニヤニヤと考えながら、東京都美術館へ。友人の息子さんの卒業作品展を見に行く。

観光客であふれている日曜の上野公園を、お花を持ってテクテク歩く。今日はあったかい。

上野公園の中って、国立西洋美術館とか上野の森美術館とかいろいろあって、ボーっとしてると隣の上野動物園に入ってしまいそうにもなり……ややこしい。

息子のY君は染色科で、作品はその展示室の中でひときわ目をひいていた。

日本酒の瓶に、きれいに染色された色とりどりのハッピが着せられている。100本くらいはあるんじゃないかな。ハッピの背中の部分には、リボンのような独特の字体で「祝」という字が染められている。

はじめは、両親の結婚○周年のお祝いのために浮かんだ「祝」というテーマが、卒業の「祝」やオリンピックの東京開催決定など、いろいろな形の「お祝い」という作品テーマにつながっていったらしい。

他にも面白い作品がいろいろあった。Y君の作品も含め、これはそのまま企業が採用するんじゃないかな、というほど完成度の高いものもたくさんある。さすが芸大だな。椅子や机などは実際に触れるものも多く、楽しめた。


夜は、年上の経営者の皆さまと、「新年会」と題したお勉強会があった。

毎年新年のこの時期に知人が開いているのだけど、今回は女性にもわかりやすく、ということで、「奥様もご同伴ください」という案内だったので女性も多かった。

経営者同士の集まりとか、異業種交流のような場にいると、私はそういうものとの利害関係がまったくないから、冷静にいろんな人の動きが見える。

今日のような仲間内の会でも、そこに新しく出席する人の中には、いろいろな思惑のある人がたくさんいる。黙って聞いていると、ほとんどが自分のアピール、アピール合戦。

できるだけたくさんのところに顔を出して、名刺を配って人脈を広げていく時代は、もう終わったと思うんだけどなぁ。

1月27日（月）

今日はパパさんとランチ。待ち合わせのホテルまでウォーキングを兼ねて歩いたら、すごい風、寒い。おまけに出がけにバタバタしていて遅れた。

「ずいぶんゆっくりのご到着で（笑）」と言われる。

さっそく、マンション購入のことを報告。

すると目を見開いて、「マ、マンション？」と言われた。

パ「パパは、結婚の報告かと思ってたよ」

だって〜。なるほどね〜。たしかに、「話がある」と神妙に連絡して、家ではなく外で会おうと平日の昼間に呼び出せば、親はそういうことを思うのか〜。なるほどね〜。

パ「それにしても急だねえ。でも不動産は縁だから、決まるときはすぐに決まるものだよ」

と、その足で、マンションの外観を見に行った。

不動産にうるさい（大好きな）パパさんの目にも合格だった。「よくここが空いていたねえ」なんて、すっかりその気（購入に賛成）になっているパパさんだ。よし！！！


それにしても、今日のホテルのランチ、まずかった……。普通じゃなくて、まずかった。あれであの値段とは、首をかしげる。前はもっと美味しかったけどな。「レストランの名前が売れた後に、急にシェフが変わって手を抜いた、という感じだね」と話す。

1月28日（火）

4月に、アメリカのバーバラ・バークさんの翻訳本を出すので、今は、それの原稿読みをしている。今回は、本文の途中にも、私なりの解説や絵を入れる予定。

仕事の合間に、今日も新しい部屋のことを考える。いそいそと図面を出してきて、ここにあの家具、ここにこの収納、など考えるのが楽しい。

お琴を習うことにした。去年から思っていたのだけど、ようやく。

夜、先生のお宅にうかがう。とてもわかりやすく、まったく初心者の私でも、「さくらさくら♪」はすぐに弾くことができた。

この簡単な音符でこれだけ情緒豊かなメロディーになっている「さくらさくら」は、やはり名曲だと思う。

1月29日（水）

今日から、英語版電子書籍を作るための「クラウドファンディング」が始まる。
これは、「英語版を作ってほしい」という声が読者の皆さまから起こったものであること、
そして、「賛同する人たちが協力し合える形をとりましょう」と発起人が提案したことから、
「クラウドファンディング」という資金集めの形を使うことになったのだ。

３ヶ月で目標額に達成できなければ、すべての寄付が白紙になる仕組み。支援者の皆さまには、金額に応じた特典がたくさん用意されている。

なんだか、新しい試みなので、楽しみ。

おっと、今日は誕生日。

今年は恋が終わったので、パートナーからのお祝いは、ない。

1月30日（木）

昔から知っている人（お兄さん）と、その友達が誕生日をお祝いしてくれた。

小さな頃を知っていて、あいだに何年かブランクがあって大人になってから会うというのは、敬語を使うべきなのか、お兄さん扱いでいいのか、いつもわからない。

最近のいろいろを話す。

モヤッが続いていることひとつ、すっきりしたことひとつ。

1月31日（金）

久しぶりに、編集のAさんとIさんに会う。企画書を渡されてビックリ!!

「バリの本を作りませんか？」と言うではないか！！！

昨年、バリの子供たちが来日する、あるイベントのレセプションで挨拶をしたのだけれど、その流れで、4月にプライベートでバリに行こうと思っていたところだったから。そしてなんと先方も、4月の取材旅行を予定しているという。

お互いにとってタイミング良すぎる！　掃除効果だ！

夜は、知人が誕生日のお祝いをしてくれた。

ん？　どうしてこの人たちがわざわざ？　と驚くメンバーだった。

2月1日（土）

今日は、友人たちが私の誕生日会をしてくれた。

全部で20数名。会場に着いて中に入ったら、うれしい顔がたくさんいた!!　遠方からはるばる来てくれた仲間たちも。私の恩人Hさんも!!　うれしい。なんと、数時間前まで一緒にいたママさんまでいた。昼間、「今日はママは親戚の集まりよ」とかなんとか言っていたから、まったく気付かなかった。すごい演技力。

ケーキは、編集者のRちゃんが原宿のお店でオーダーしてくれたという特製ケーキだった。私の顔がプリントされている!!　『あなたは絶対！運がいい』の表紙の女の子も！　そして電子書籍企画のテーマ、「世界へ愛を広げよう」という言葉も書かれていた。

うれしいなあ、ありがたいなあ。

一番感動したのは、ひとりひとりからもらったお祝いのスピーチ。愛にあふれていた。そしてみんな本当に「お話上手」で感心した。笑いもとり、感動させ、個性豊か。

最後に、『君に贈るうた』を歌った。しっかり仕組まれていて、音源とスピーカーまで用意されていた（笑）ので、ここは歌うしかないと思って。

パーティーが終わってから、企画してくれたAちゃんの家族がうちに来て、乾杯。シュークリームとクイニーアマンをおつまみに、たっぷりとワインを飲む。

2月2日（日）

きのうのワインが残っている気持ちのいい気だるさ。

午前中、仕事をしていたら眠くなり、11時頃にお昼寝。

午後は銀座に行って、進物用のあれこれをお買い物。


夜は、家族で私の誕生日の食事。弟の仕事の話はいつも面白い。『半沢直樹』のような世界だ。「姉きの誕生日なのに、ひとりでしゃべくりまくったって感じだな」と言っていたけど、こういう話を聞けるのはなかなかないので、もっとしゃべって！

ヘアアクセサリーをもらった。弟のお嫁さんが「お姉さん（私のこと）は髪の毛が黒いから絶対に黒」と言っていたのに、買いに行った弟が直前でブラウンに変更したらしく、「なんでそうなの？」とお嫁さんに言われたという（笑）。ありがとう！

2月3日（月）

今日は節分だ。もうすぐ本当に年が変わる（2014年になるので）。

今日までにやっておきたいと思っていた雑用をする。区役所で住民票をとったり、印鑑登録をとったり、法務局で会社の謄本《とうほん》をとったり……。

区役所ってほとんど来たことがないけど、いろんな人がいる。意外と、外国人多し！

隣のブースにいたお子さんを抱っこしている外国の女性が、区役所の人に日本語で一生懸命なにかを訴え、最後のほうは大声で怒っていた。詳しい内容はわからないけれど、たぶん言いたいことはわかる。区役所の対応の悪さ、不親切感にうんざりしている様子。

「国民を守ってくれるためにあるのに、どうしてこれをはじめに言ってくれなかったんですか？　こんなはじに小さく書いてあるだけだったら、外国人にはわからない！」

というようなこと……。ごめんね、と代わりに思う。日本のお役所ってね、わざと不親切にしているわけではなくて、悪しき習慣なの。それでも民営化になって、だいぶサービス精神が育ってきたところもあると思うよ!?

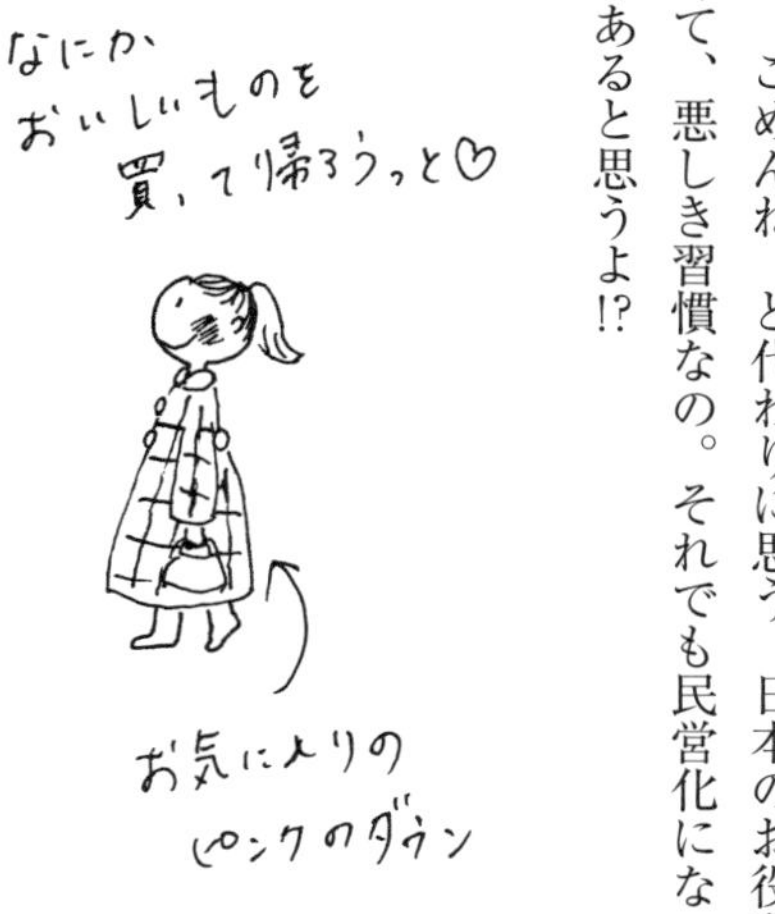
なにか
おいしいものを
買って帰ろうっと♡
お気に入りの
ピンクのダウン

最近、めっきり食欲が減った。前はお魚もお肉もモリモリだったのに、ちょっと食べるとお腹いっぱいになる。うれしい。

2月4日（火）

このあいだの誕生日会で、私が長年お世話になっているHさんが、私への色紙に「仁と義」という言葉（「船井幸雄先生に最後に言われた言葉」）を書いてくれたのだけど、その「義」はなにを指しているのだろう……、という話にママさんとなった。

船井先生の「枠をはずした考え方」からすると、一般的に言われる「人に対しての義理」を言っているのではないと思う。

感謝の気持ちは常に大事だけれど、「あのときにこうしてくれたから」というような義理に縛られ、それを基準に身動きがとれなくなるような生き方は、これからの時代には薄くなっていくと思うし、船井先生はそんなこと言わなそう。

あのときの一点をずっと思い続け、その義理を果たし続けて苦しむ、というような話、よく映画の題材などにもあるし、美徳として好きな人も多いだろうけれど、苦しい。自己満足。

「船井先生の言葉って、当時は意味がわからなかったけど後になると……ってことがこれまでもたくさんあったから、いずれわかるわよ」

と話す。

それから数十分後、誕生日会の話の続きで、私がこれまでお世話になった人たちの話になった。その人たち（たいてい年上で、当時20代前半だった私のことを応援してくれた方々）に、どうやって恩返しをしたらいいかということを、以前、このHさんに聞いたら、「僕にではなく、それと同じことを次の世代やまわりの人にしてあげればいいんだよ」と言われて、すごく感動した。

「その教えを受けた以上、今度はそれを自分が、と心に秘めて成長（活躍）していくこと……ああ、それがさっきの『義』よ」

とママさん。そうかぁ、自分がそれを体現していくことが恩返し。いいね。

2月7日（金）

朝、コーヒークリームのかかった甘～いクロワッサンをコーヒーに浸す幸せ。

きのう、珍しい人とお酒を飲んだ。

ずっと前から知っている人だけど、（いろいろな人間関係上）ふたりで食事に行くことになるとは思ってもいなかったので、突然食事のお誘いがあったときには驚いた。

で、当日のきのう、お昼過ぎに向こうの仕事にトラブルが起こったらしく、「今晩の約束の時間までに終わらないかもしれない……」と連絡があったので、すぐに別の日に延期した。

すると7時頃、

「思ったより早く片付きそうだから、9時だったら行けるんだけど、どうしましょうか？」

と連絡があった。

私としては、慌ただしい思いをさせるのも大変だし、もうすっかりくつろぎモードでのんびりしていたので（笑）、「次回にしたほうがいいのでは？」と言ったんだけど、「じゃあ食事は次回にして、今日は一杯だけ飲みませんか？」ときた……そのときに「ん？」と思ったのだ。あれ？　そこで誘ってくる？　と……。

そしていつもの私とは違って、そこから着替えていそいそと出かけたことに自分でも驚いたのだ。

ものすごく楽しかった。この人って、こういう人だったんだぁという新しい発見……それにしても、どうして突然誘われたんだろう。

2月8日（土）

きのうの夜から降り始めた雪が、今朝起きたらすごく積もってる……。

今日はAMIRI女子会で、数ヶ月ぶりのお客さまとの触れ合いの日なのに全国的な大雪とは。朝食を食べているあいだにも、どんどん降り積もり、やむ気配はない。

タクシーに電話してもつながらず、スタッフと一緒に通りでタクシーをつかまえる。

会場は恵比寿の「ジョエル・ロブション」。

雪景色で、外観がますます幻想的になっていた。

全国からいらっしゃる皆さまは、この日のために前泊した人や、雪の情報を知って早朝に家を出た人などもいて、ほとんど欠席者はいなかった。

「ここにたどり着くために、とにかく進んでみようと家を出ました」とか、「行けばなにか拓けるような気がしたんです」という気迫の話が面白く、途中で、「なにがなんでも行きたかったんです」が「なにがなんでも生きたかったんです」に聞こえたほど。みんな、もってるねえ。

いろいろな方のお話の中で、ご主人を亡くされた女性の話が印象的だった。この方が、今の状態に心から平安を感じ、その一連の出来事を受け入れて穏やかに生活している安定感が

とてもよく伝わってきた。多くを語らなくても通じるよね。

こういう人は、これから先、本当の意味で強いと思う。人生の機微や、起こる物事のすべてを味わいながら進んでいくく気がする。

他の方々の話もひとつひとつ、もう一度じっくり聞きたいくらいだ。


雪は、まだまだ降っている。フワフワの大きなボタン雪。

会が終わってタクシーをつかまえるとき、我が事務局スタッフを頼もしく思うシーンがあった。

雪のために、タクシー会社は相変わらず電話がつながらず、「向かいのウェスティンホテルに行ったほうがつかまると思います」とレストランの人に言われてホテルに向かった。

「タクシーの方はこちらに並んでください」と言うホテルマンの誘導で列に並んだけど、すでに行列で、それから何分待っても一台もやって来ず、このままだと私の番になるまで何十分かかるんだろう、1時間以上かかるのでは？ という状態だった。

ふと、向こうに見える大通りを見てみると、空車のタクシーが走ってる！ ここに入ってくるタクシーは、ホテルとの契約などで決まったタクシー会社のものしか入れないから少ないのだろう。

空車のタクシーを見た瞬間、スタッフのひとりが雪の中に走り出し、私のためにタクシーをつかまえてくれた。おかげで私は列を抜け出し、一足早くタクシーに乗ることができたのだ。同じように、自分で通りに出て自力でタクシーをつかまえている外国人が、私たちの後ろにもたくさんいた。

ここで思った。日本人は大丈夫だろうか……。言われるがまま、ただ列に並んで待っている日本人たち……あのまま列に並んでいても、ホテルマンがタクシーを見つけてきてくれるわけではない。もちろん時間に余裕があればいいけれど、たぶん、列の中ほどだった私のところでも、1時間以上かかると思う。

今年のはじめ、有楽町の火災で新幹線が遅れたときも思ったけど、日本人の秩序は、たしかに日本の質の高い生活水準を維持させていると思う。でもそれは、通常どおりに社会が機能しているときの話だ。

非常時には、自分で状況判断をして自分で動くことが必要。それは決してズルをすることではない。やってきたタクシーに割り込むことではないのだ。

そんな状況判断がきちんとできる我がスタッフを頼もしく思った。

2月9日（日）

今日はすっかり日差しが出ている。太陽ってすごいよねえ。雪をどんどん溶かしてる。

管理人さんが雪かきをしてくれているのがベランダから見えた。


今日もAMIRI女子会の第二弾。会場は、代々木にある「コードクルック」のＶＩＰルーム。

このコードクルックにはじめて来たとき、タクシーがお店の裏側に着いてしまい、正面にまわろうとすると大きく迂回して時間に遅れそうだったので、建物と壁のあいだの細い隙間を通り抜け、お店の裏側のゴミ袋をかき分けて登場したんだよね、私……。そして茂みの正面にいた店員さんをギョッとさせたんだった……。

今日の女子会、ひとり面白い方がいて（とにかく明るい）、ある人の質問に、自分の独自の経験談から解決法を話してくれていた。たまにちょっと話がずれていたときもあったけど、その明るさが質問者を救ったと思う。明るいって大事。

去年の私の本『運がよくなる宇宙からのサイン』を読んだことから、自分のサインについて話してくださった方もいた。あの本の表紙に描かれている羽のように、「そっちで正解！」というときに空から羽が降りてくるんだって。空から羽……。

私自身が充電された。たくさんしゃべったのに、少しも疲れていない、むしろ活発。

2月12日（水）

私のベッドに横たわっているクマのぬいぐるみに今日も癒される。

午前中、ある会社の会長さんと会うために、オフィスへ。

大手町に古くからある、このいかめしい名前のビルに、はじめて入った。ビルの1階は普通のオフィスビルのようだけど、会長の会社の入り口は、イギリスの図書館を思わせるような重厚な木製の扉だった。扉を囲う三方の枠組みも、ツヤツヤとしたマホガニー材のように光っている。通された広くて快適な会議室からは、パレスホテルと皇居が見えた。

常駐しているシェフが作るランチをいただきながら、いろいろな話をさせていただいた。

その話の中で一番良かったこと、それは、「これからの時代、営利団体は、非営利団体の活動を支えるために存在していくと思う」という話。

一部の投資家のあいだでは前から言われていたことらしいけれど、つまり、お金を稼ぐ人や団体は、たまたま「お金を作る」ということにかけて才能があった、でも世の中を良くするためのアイディアやノウハウを持っているわけではない、だから、お金はそんなにないけれどそのアイディアを持っている人（それを考えるのが得意な人）にお金を使ってもらおう、というもの。それは、従来の「お金で返してもらう投資が動機」ではなく、そこに協力できる喜びが動機で動くというものだ。

参加して協力できる喜び……僭越《せんえつ》ながら、それは2月から私たちが始めた電子書籍企画の「クラウドファンディング」のモットーとも似ている。クラウドファンディングが成り立つのは、そこに「参加して、共有して、認証してもらう喜び」があるからだ。最後の「認証してもらう」というのは、「自分もなにかの役に立っている、ということを相手に認めてもらえる喜び」のことなので、これは一歩間違えると、「認証されないとやらないのか」ということになりがちだけど、それでもはじめのうちは、これが成り立つ重要な要素になる。

この会長さんは、そのマインドで動いていたから成功したんだろうなあと思う。

「こんなにお金があっても、墓場まで持っていけるわけじゃないんだよ!?」

という、よく聞くセリフ。その桁《けた》がすごかった。だって、１００億とか言ってた（笑）。

終わって、すがすがしい気持ちでＫＡＤＯＫＡＷＡの編集さんと打ち合わせ。

2月14日（金）

今日も雪。２週続けて大雪だなんて。

昨年の末に発生したある問題で、一時はどうなることかと思ったけど、今日、「雨降って地固まる」というように無事に納まった。むしろ今回のことで、前から「ちょっとおかしいんじゃないかな？」と思っていたその会社の姿勢が見直されることになったので本当に良かったと思う。

２月になってからいいことばかり。「ん？　面倒なことが起こってる」と一瞬思っても、すべてより良い状態になるためのきっかけだったことが後からわかる。

これ、やっぱり掃除効果だよね〜。

話し合いが終わり、ホッとしてスタッフと食事。

相談ごとを聞く。「必ず良い状態で納まるから！　先に行けば『あんなこともあった』というだけのことだから！」と心の中で思いながら、現実的な意見をいろいろ伝えた。

さて……雪だけど、午後になってますます強くなり、バレンタインデートは延期になる。東京で「雪が原因で会えない」なんてこと、１年に１回あるかないかだ。

もう……、今日はたまっている仕事を片付けようっと。

さっきスタッフにもらったブタさんのチョコレート、これも食べちゃおうっと。

↙もったいなくて、
食べなかった

2月15日（土）

今日も、降ってる。

リビングから、降り積もる雪を見ている。雪って本当に静か……。

今日は2回目のお琴のお稽古だけど、車はあぶないかも。通りの雪はなくなっているけれど、駐車場から出すまでが危なそうだからやめようか、でも気持ちは行きたいんだけどな……としばらく考えて、結局行くことにした。

直前にママさんがうちに来たので、駐車場の雪かきを手伝ってもらう。

帆「そこまでして行くって、すごいよね～」

マ「ほんとね～。こんな雪かきまでしちゃってね～」

先生の家に着いたら、「帆帆子ちゃんたちは雪でも絶対に来ると思ってたぁ！」と言われた。

2月18日（火）

日陰には、まだ雪がたくさん。

今日の夜は、友人に誘われて、蒔絵《まきえ》の先生のお宅にお蕎麦を食べに行った。お蕎麦を打つのが趣味で、ためしに地元でお店を開いたらすごく繁盛してしまったという方。そのお蕎麦は、たしかにものすごく美味しかった。

最近あまり食欲がなく、少し食べるとお腹いっぱいになっていたんだけど、今日でそれも終わったな、という感じ。

「自分の状態がいいと、アイディアが夢の中に出てきたりしますよね～」

「つながってる感じですよね～」

とかいう話で盛り上がっていたら、この手の話にまったく初心者の女性（初対面）の方が、

「……あの、ちょっといいですか？　さっきからみなさん普通に話してますけど、『つながる』ってなんのことですか？」

という素朴な質問を挟んできて、一瞬みんな静まり返り、その後爆笑になった。

2月19日（水）

冬季オリンピックのフィギュアスケートのショートプログラムは、キム・ヨナが1位、真央ちゃんは19位だった。

いろんなところから、「オリンピックのフィギュアスケート順位は、はじめから裏で決まっている」というような話が耳に入ってくる。でも、そういうことも全部含めて、それがその人とオリンピックとの縁だ。浅田真央ちゃんは、どんな順位でも、彼女にしかできない役目があるなあ、と思う。

2月21日（金）

きのうの浅田真央ちゃんのフリーの演技を見ていたら、フツフツとやる気を刺激され、新しいブレスレットのデザインをした。見ているだけで自然とこちらのやる気や感性を刺激させるのが、本物のなせる技だと思う。

2月22日（土）

新居の契約は4月になった。

それまでにいろいろと準備をしなくてはいけないことがある。

売買契約なんてはじめてなので、楽しくやろうっと。

今日は知人に頼まれて私が企画した合コンの日。

女性陣は、私と友達2名と事務局スタッフひとりの計4名、私の男友達に男性をひとり連れてきてもらって、男性は計3名。全部で7名。

友達に連れてきてもらった男性は、電通のクリエイターだった。

クリエイターだなぁ……という風貌《ふうぼう》と話し方。素晴らしく良い意味で変わってる。食事なのに、食べるとき以外はずっとマスクをしていた。風邪をひいていて、鼻がたれてくるんだって。

その職業らしい雰囲気のある「○○っぽい」というのって、はじめは作っているのかと思っていたけど、その会社の雰囲気に合う人がそこに採用されるのだから、やっぱりあるね。

逆に言うと、その職業なのに「〇〇っぽくない」という人は、その業界にはまっていないオリジナリティもあるだろうけど、社内ではやりにくいこともあるだろう。カラーが違うから。

女性陣もみんな面白かったから……どうかな。進展があるといいな。

2月23日（日）

長年お世話になっている人の誕生日会へ。

その人が飛行機の席で隣になって最近仲良くなったというある大物歌手が、お祝いに歌っていた。

歌は素晴らしかったけど……ちょっと、いやかなり慇懃《いんぎん》無礼《ぶれい》。「私は大物よ」感がムンムン。まあ、仕方ないか。

こういう人って、偉そうなのではなく、自分の身を守るためにその態度なんだろうと思う。

「津波バイオリン」の作者である中澤宗幸さんと、奥様のバイオリン奏者、中澤きみ子さんの演奏も素敵だった。カルテットの演奏もあった。すぐそこの近距離で聴く生演奏は、やはりとてもいい。

このカルテットを、ファンクラブ「ホホトモ」の会に呼びたいな、と思う。

2月24日（月）

「クラウドファンディング」は順調に進んでいる。

今日、電子書籍の翻訳をお願いする人が決まった。

仕事に対してのプロ意識が素晴らしく高くて、ちょっと話しただけで絶対にこの方にお願いしたいと思った。

「翻訳者はあくまで黒子ですから」とか「帆帆子さんに絹のように寄り添って、帆帆子さんだったらどのような表現を使うか、なにがふさわしいか、帆帆子さんになりきって翻訳いたします」という発言など、プロだった。そのために、私のこれまでの本はもちろん、講演会のビデオも送って欲しい、と言われる。

出会えて、よかったぁ。紹介してくださった方々に、感謝☆

2月25日（火）

野原の向こうから
ビューッと風が
吹いてくる
面白い夢を見た

リッツのレストランが、シェフが変わってすごく料理がおいしくなったというので、ものすごく久しぶりの友人（男性）と食事に行く。
友「前もこの席だったよね？」
帆「そうでしたっけ？　というか、ふたりで食事したことありましたっけ？」
友「え？　覚えてないの？」
帆「うん、全然……」
なんて言えるのが友達のいいところ。
帆「たしかに、前よりすべてがおいしくなってる気がする」
友「覚えてないのに？（笑）」
帆「そうだよね〜、でもお料理は覚えている気がするの」
とか、また失礼なことを言ってしまった……×××

最近、会食が増えた。でもそれは、「これからしばらくそういうお誘いにも参加する！」と決めたからだ。普段はひとりのほうが断然好き、というか、居心地のいい人や明るい気持ちになる人としか会いたくないんだけど、今はなんとなく広く浅くの気分なのだ。

2月27日（木）
最近仲良くなった人、あだ名はマスちゃん。ラインの返信など、すごく面白い。

よくそんなことがわかるね～、というように、私の思っていることズバリをついてくる。観察力……、というか、頭がいいんだろうな。


今日は、安倍昭恵夫人のお店「UZU」で会食。

共通の友人である編集者さんや、若手のミュージシャンなど、全部で7人ほど。

とても個性的なお店の女主人がいらして、その方の話が面白かった。食材の説明なども、気持ちがよく伝わる。

本来の育て方（その素材もともとのエネルギーをいかした自然栽培）で採れた野菜や肉を使った食事。普段、栄養価の低い「東京のスーパーの野菜」を食べて、それが野菜の味と思っていると、こういうものをいただいたときに味の違いが歴然とわかる。


10時過ぎにお開きとなり、一度家に帰ったところへ、マスちゃんから「一杯飲まない？」と連絡があって近くのバーへ。

楽しく話していたら、そこへ偶然、私の親戚のおじが入ってきて、あっという間に3人でお酒の世界へ……。

3月1日（土）
おお、今日は1日で新月だ。新月の日は、お月さまにお願いごとをする日。

私の書いているお願いごとの内容は、基本的に数年前とそれほど変わってないんだけど、最近の書き方としては、「そのお願いごとがかなうまで、安心して宇宙の流れにまかせられる私になる」と書いている。なんとかしたいことは、つい自我でギュウギュウ進めてしまって、本来の流れとずれているような感覚があるので……。

そこに、最近恋愛のお願いごとが加わった。新しいぞ♪

今年の仕事の予定は、9月、10月、11月に連続して新刊。あ、それから4月あたりにもう一冊。これは翻訳本だけど。今は、その準備段階なのでゆとりがある。2月はかなりダラダラした。今も、まだゆるゆる。

さっき、あるサイトを見ていたら、2月に「彗星の逆行」という期間があり、その期間中は、交通機関や人とのコミュニケーションの乱れなど、通信の行き違いが起こりやすいそうだ。流れが逆行しているから、あまり頑張らずに、ゆっくりのんびり進めたほうがいい時期だったんだって。なんだ、やる気が出なくてよかったんじゃん！

3月2日（日）

「クラウドファンディングが当初の目標額を達成しました」という報告をいただく。

早いな。まだはじめて1ヶ月くらいなのに。

応援してくださっている読者の皆さまに感謝。読者の皆さまに、宇宙に、神様に、まわりのすべてに感謝だ。

内容の充実したものにするべく、引き続き高いエネルギーを維持しよう。

3月3日（月）

今、ハワイ島のホテルにいます。

10月のホホトモハワイツアーの下見で、スタッフと一緒に来ている。今回も現地コーディネーターはマイクさん。マイクさん、相変わらず元気（笑）！

今日は、ワイメアのパニオロレストランでチーズバーガーを食べて、ワイピオバレーの絶景を見にいった。望遠鏡で見たら、すぐそこに絶壁があった。

なに
見てるんですか!!
Mike
双眼鏡で
横にいる
私を見ている
マイクさん

ヒロにある「アカカの滝」も見に行く。うっそうとしたジャングルの中に、パワースポット的に存在する清浄な滝。アカカという男性に、何人かの女性をめぐるいろんな伝説がある場所なんだけど、マイクさんの説明がほどほどにいい加減で笑えた。

マイク（以下マ）「アカカの奥さんだったかな、妹だったかな、まあどっちにしても男女のすったもんだがあってアカカは死んじゃうの。男女のエネルギーが高いところ、みたいな!?（笑）」

と、最後のほうは自分で言いながら笑ってた。

滝が遠くから見えるところに移動したら、ドードーと降り注ぐ滝つぼに虹が出ていた。

ヒロの町でおススメのジャム屋さん「ホノム」に行く。完全オーガニックのジャムがズラリと並んでいる。ここはお土産選びにも、喜ばれそう。

それからキラウエア火山に向かったけど、曇っててなにも見えず……。

溶岩洞窟のラバチューブにも行ったけど、息苦しかったのでここはカット。

なんだか……全体的に、「絶対にここに皆さんをお連れしたい！」とピンとくる場所がないなあ。オアフは、昔住んでいたからもともと馴染みがあったというだけではなく、それほど詳しくない場所でも「絶対にここ!!」と思いながら準備していたんだけどなあ。

夜は、カフェ「ペスト」でごはん。

マイクさんは、武道を通して、神の領域や神秘体験のような話にすごく興味があるので、スタッフのひとりが、自分のそばにいつもついている目に見えない存在の話を始めたら、興味津々だった。本の仕事ではじめてマイクさんに会ったときは、この手の話にはまったく興味がなく、「そんなの、ホントにあるの?」って感じだったのに、毎年会うたびに少しずつ話が深まり、今ではすっかり……だ。

マ「そういうものは分けて考えることじゃなくて、もうこの生活の延長だよね」

とか言ってる。

3月4日(火)

今日は晴れている! 暑くなりそう。

ワイコロアのホテルで遅めの朝食。

マ「今日はナショナルパンケーキデーっていう日なんだって。なんでだか知らないけど」

帆「え? それって、私の日じゃない?(笑)」

ということで、私はパンケーキとクリスピーベーコン。スタッフはエッグベネディクト、マイクさんはオートミールにパパイヤとヨーグルトで、今日もマイクさんが一番ヘルシー。

そう、マイクさんって意外とヘルシーな食生活。ストイックに自分を律するのが好き。

きのう曇っていたので、もう一度キラウエア火山へ向かう。

車の中で、マイクさんは、きのうの「目に見えないものの存在」の話にまた興味津々。

しばらく夢中になって話していたら、車内のライトがつきっぱなしになっていたことに気付いた。みんながドアを閉め直しても消えないので、半ドアではないのだろう……。ライトのスイッチを手動で切っても消えない……。

マ「どうしてだろう?」

帆「守護神さまじゃない?（笑）ここにいるよ、ってアピール」

スタッフ（以下ス）「ああ、でもほんとにアピールしてくるときはありますよ。マイクさんの守護神さまが、気付いてくれ～ってアピールしてるんじゃないですか?」

マ「ええ? まじで?」

帆「こういうのを偶然に思わないほうがいいですよ～。私も最初、そういうのはこじつけだと思ってたんだけど、偶然じゃないってことが最近わかってきたから……」

とかなんとかいろいろ話して、2時間近くかけてキラウエア火山に到着。

晴れの日の眺望も見た結果、やっぱりここはツアーでは来なくていい、ということになった。マイクさんは「有名だから、一応来たほうがいいんじゃない?」とも言っていたけど、一般の観光旅行じゃないし、ここは誰でも来られるところだからね。

ス「マイクさん、ここはですね、たしかに有名な場所ですけど、移動時間がもったいないからやめましょう。この噴出しているマグマの煙の感じは、箱根の大涌谷で十分ですから。あそこなら温泉卵も食べられますし」

というとんちんかんな理屈を真面目に伝えるスタッフに対し、

「そうね、ここは卵ないしね」と、とんちんかんに神妙にうなずくマイクさん。

車に戻り、「さっき、ライトが消えなかったの、どうしてだろう?」とまだマイクさんが言っているので「だから、守護神さまだってば!(笑)」と言ったら、マイクさんが、マウナケアの頂上にいるという「7人の侍」の話をしてくれた。

マウナケアの頂上には、大きな体でヘルメットをかぶった7人のハワイアンがいて、その7人がマウナケアの土地を守っているそうだ。昔、マイクさんが撮影でマウナケアの頂上に登ったとき、クルーのひとりがその7人の侍が走り去っていく姿を見たらしい。そのときに感じたゾワゾワ~とした感覚と同じ感覚に、さっき、ライトの話をしていたときになったんだって。

ス「マイクさんは、体で体感してわかる人なんですね」

帆「その人にとって、一番わかる方法で教えてくれるんですよ……。マイクさんにとって7人の侍のときの感覚は、自分が経験したから覚えているじゃない? それを思い出させて、それと同じだよって言っているのかもしれない……」

マ「そうか~、そういうふうに捉えるのね。いいね!」

この「いいね!」というのはマイクさんの口癖。

マ「今日は雲が多いから、マウナケアの上からの雲海もきっときれいだよ」

帆「龍神とか、見えるかもね(笑)」

ス「じゃあ、みんなで龍の背中に乗りましょう」
帆「やましい心がある人はすり抜けちゃうかもよ？　キント雲みたいに」
マ「キント雲ってそういう仕組みだっけ？」
帆「そう、孫悟空にやましい心があると、通り抜けちゃって乗れないの。それに、キント雲って、『金と運（きんとうん）』だっていう説もあるんですよね。やましい心だと、金と運がない」
M「な～る～ほ～ど～！　そういうアメリカのブランドを立ち上げようかな。キント雲ってどういうスペルかな……　Kinton？」
帆「いや、あいだに『G』を入れてほしいですね」

マウナケアの中腹にあるオニヅカ・ビジター・センターで防寒具を着ていたら、なんと、頂上は雪で閉鎖されていることがわかった。マイクさんもはじめてらしい。

マウナケアの頂上へは、専用のバスを仕立てないと大勢では登れない。でもバスのためだけに、地元の観光ツアーにホホトモさんたちを参加させるのは、ちょっとイメージが違うので、なんとか移動手段を用意してもらうしかない。

頂上に登らないで時間ができたので、ワイコロアの近くにある古代神殿に行こうかと思ったけど、そこも4時までだったので、マウナケアのゴルフショップで買い物をする。

その途中で、「待てよ？　ヘリコプターに乗ってもらうのもいいかも？」という案が出たので、調べてもらうことにした。

夜ごはんは、ワイコロアのショッピングセンター内にあるタイレストランに入り、ここではなぜか「ホモとレズ」の話になって笑い転げる。

マ「このメンバー、いいね！　哲学的な話から、ビジネスの話や未来の夢の話、スポーツや男女関係や人生相談までなんでもいけるね。やっぱりさ、こういういろんな話ができないとダメだよね」

帰りにスーパーで、私がいつも使っているオーガニックのシャンプーをやっと見つけた。

3月10日（月）

東京に戻ってきました。

あれから、ツアーの人たちが泊まる予定のホテルをいくつか見せてもらい、ウェルカムディナーやフェアウェルパーティーの会場を検討したり、マナのエネルギーを授けてくれるという儀式を見学したり、マウナラニの敷地内にある「フィッシュポンド（ちまたではパワースポットらしい）」をめぐったり、オーラが見える洞窟やキングス・トレイルの散策コースを歩いたりしたけど……結論から言うと、どれも決定打になるものがなかった。

こういうときは、ちょっと様子を見よう。一番良い状態に収まるだろう。ホホトモの皆さまにとってベストなものはなにか、答えがくるように、私がいい状態で待っていよう。

それから後の数日はオアフ島に移り、プライベートで楽しんで帰ってくる。

そうそう、帰りの機内で、考え深いものを見た。

通路を挟んだ私の隣の席に座った素敵な男性、年齢は40代半ば?くらい。とても品のいい格好良さ。身につけているものなどすべてが上質だけど、これ見よがしでないところがなによりもいい。顔も、それに準ずる本当に品のいい人だった。

遅れること数分、幼稚園くらいのお嬢さんと、まだ赤ちゃんの子供を抱っこした奥さんが入ってきたのだけど……この方が、「なぜ？　どうしてこの人がこの男性の奥さん？」という、あまりの雰囲気のギャップにショックを受ける。

「ナチュラルで地味な格好」というレベルではなく、外見に対して「無頓着」のかたまり。髪の毛が急いで結んだようなひっつめで、もちろんお化粧もしていない。ああ子育てというのは、ここまで母親をこうするものなのか……こうも「女性」としての意識が薄れる外見になってしまうものなのか。もちろん、その無頓着さが幸せの象徴かもしれないけれど、ふたりのアンバランスさがあまりに目について、はじめ、ベビーシッターさんかと思ったくらい。

よく耳にする「日本の女性は子供が生まれると完璧に母親になっちゃうから、女性として意識することはなくなる」という男性側の意見に深く賛同した。これじゃあ、今はお子さんが小さいからいいけど、先に進んだらご主人が他の女性に目移りしても仕方ないな、とか思ったり。

食事の時間になった。奥さんが食事をしているあいだ、ご主人は座席の前の広いスペースに毛布を敷いて子供を遊ばせ、他にもとてもよく手伝っている……それなのに奥さんはこれ、とまたしても交互に見てしまった。もちろん、子育てをしているときに、それに徹することができない人は母性が欠けている場合もあるから、これはこれでいいのかもしれない。でもさ～、でもさ～、それにしてもさ～、男性のほうが素敵な分だけ、とにかく気になったのだ。結婚後のパートナーへの意識、男と女の生き物の違いというような「男女の永遠のテーマ」まで考えこむほどだった。

出発が40分ほど遅れたので、羽田から家に帰りついたときは真夜中だった。

3月11日（火）

さてと……、モリモリ仕事をするぞ。

と思いつつ、今日は友達の家に遊びに行く。新しく誕生した赤ちゃんを見に。

彼女は、またきのうの女性とは対照的に、女性フェロモンのあふれる人だ。

100パーセント恋愛体質、男女の営みって素晴らしい～♥、というエネルギーの中に、いつもいる。

でも、常にご主人のことを考え、ご主人のことを褒め、彼の良いところを最大限に引き出している、ような気がして、感心させられることも多い。

美人な人って、実際の外見とか顔形ではなく、雰囲気だよね。全体の艶っぽさ。

3月12日（水）

ネイルサロンの女の子と話をしていたら、いきなり、

「いろんな恋愛をどんどん楽しんだほうがいいですよね～、特に独身のうちは」

と言い出した。なにか、彼女の今の状況が外に出てきた様子。

いや、違うな。それもあると思うけど、今の私の恋愛モードのオーラが出ちゃっているんだと思う。

介護施設に提供しているキャラクター「カメ吉、ユメ子、ワタミマン」が着ぐるみになって活躍している様子を見に行った。彼ら（キャラクターたち）に会うのは3年ぶりくらい。改めて見ると、本当にかわいい。抱きつきたいくらいにかわいい。３匹の動きをずーっとそばで見ていたい。色も形も、（我ながら）本当にかわいくできた、とデザインした当初と同じ気持ちになった。施設のご入居者さまであるおじいさま、おばあさまたちも、ぬいぐるみが近づくと抱きついたりしている。着ぐるみのボディについている♥の部分をさわると「ラッキーなことがある♪」という設定になっているので、みんながそこをさわろうとしていた。

作った当初は「こんなキャラクターがあったらいいのになあ」という、気楽な気持ちで企画デザインさせていただいたものが、数年でしっかりと根付いているのを見ると、親心のようにジーンとする。中に入っている人たちも、とてもよく教育されていて、３匹を愛してくれているのが伝わってきてありがたい。

今日の施設は、たまたま私が内装デザインをしたところだったので、久しぶりにそれも見られてよかった。お客さま担当の社員Ａさんにも、久しぶりに会えてうれしかった。

そうそう、うちのスタッフも、一緒に施設のロビーでお茶をしていたら彼女の学生時代の友人にばったり会った。この施設で栄養士をしているらしい。

１００軒近くある施設の中から、私のデザインした施設でその人が働いていること、そしてちょうど私たちが訪問していたときにたまたまそこを通りかかったことなどから、「帆帆子さんと私は縁があるんですね〜」と、スタッフがしみじみ言ったのがおかしかった。

3月13日（木）

午前中、ＫＡＤＯＫＡＷＡの人と打ち合わせ。ダイジョーブタの絵本だ。

ランチはパパさんと。

午後、大学病院の眼科に行く。このあいだのハワイの最終日に、目が痛くてこすったら傷がついてしまったらしく、帰ってからもずっと充血しているので。

ハワイでマイクさんの生活を見てから、私も体のことを考えてヘルシーに暮らそうと思い始めた。食品添加物や農薬、保存料にも気を配りたい。

この人と一緒にいると、どうも調子がくるう、という人っている。いつもの自分が出せなくなったり、相手のペースに巻きこまれていると感じたりする人。その相手のエネルギーは、こちらを巻きこむような激しい「動」のエネルギーではなく、「静」だけど密かに強いので、そのほうがずっと恐ろしい。それはその人が悪いということではなく、もちろん嫌ななにかを持っているわけでもなく、私とは異質、というだけのことだ。

その人の「人に対しての接し方」とか、知らないうちに上手にやろうとするあたりがモヤッとするので（少なくとも私とは合わないので）、いずれ関係は遠のくだろうと思う。

3月14日（金）

新居の部屋に、細かい寸法を測りに行く。

これまでのオーナーさんは、都内にこういう部屋をいくつも持っていて、ここには週に2、3日しか帰って来ないそうだし、お掃除がいつも入っているようで、今日もピカピカ。

相変わらずいい部屋だ。

考えれば考えるほど、よくこんな物件が見つかったと思う。

まず、「このマンションが一般に売りに出されていること、あるんだぁ」という驚き。

そして、オーナーさんが物件の改装が趣味らしく、間取りそのものや、壁、床、天井まで改装してあるので、素晴らしくよくできている。この物件が雑誌に載っていたのをはじめて見たとき、バスルームなど、ホテルかと思った。

このバスルームを見て、心が決まっちゃったんだよね。

それから、ドレッサーの前に敷いてあったこのカーペットのセンス（ママさんが目をつけていたミッソーニのラグじゃないかな……）、書斎コーナーにかかっていた照明なども好き。男性のひとり暮らしだったので、テレビがたくさんあるところには笑えるけれど（お風呂はともかく洗面所とか）、壁に埋まっているので置いていってくれるらしい。

その他、あのラグも照明も、冷蔵庫や洗濯機も、カッシーナのアームチェアなどまでくださるという。

このアームチェアなんて、私だったら絶対に持って行くけど（笑）。

どんな人なんだろう……。

3月15日（土）

新居が決まってから、これまでの部屋をいつも以上に掃除している。思えば、この部屋を掃除してピカピカにしたから、それと同じ波動のものがやってきたんだと思う。

せっせと掃除をしていたら、ちょうどそこへやってきたママさんが「あら～、本当にやってるわね～」と写真を撮ってくれた。

3月17日（月）

これまで付き合ってきた男性たち（なんて書くと、ものすごくたくさんみたいだけど、37才なので、それなりに人数はいるよね）のことを思い出すと、さすがに自分というものがわかってくる。

結婚は生活なので、私の場合はどういう人ならうまくいくか、どういう人じゃないとうまくいかないか、絶対に譲れないことはなにか、同じ我慢でもどういうことなら我慢できるか、など、恋愛を通して自分を知ってきた、という感じ。他の分野で自分を知る人もいると思うけど、私は恋愛を通してだったな、意外なことに。

本当に、意外。私、卒業したらすぐに結婚して、結婚したら仕事なんてすぐにやめる、と思っていたんだけどな。予想と違ったけど、それがこんなに居心地のいい道だったことがわかった今、これからも予想外のことが起こっても、「意外とそっちもいいかも」と思うようになりたい。


4月に取材で行くバリ島のことだけど、こんなに寺院の多い島だとは知らなかった。ヒンズー教。俗に言うパワースポット的な場所もたくさんある。「浄化の泉」とか。なんとなく、空気感がねっとりしていそう。

どんなことになるのか、ドキドキするけど、はじめに話を聞いたときに、「行きたい！楽しそう！」とすぐに思ったわけだから、大丈夫。

3月18日（火）

今日は、たまった小さな作業を片付けようと思っていたのに、午前中に一本原稿を書いたら急にけだるくなり、お風呂に入って昼寝した。

窓の外は春一番の強風で、すごくあったかそう。

私ってダメだ……と妙に先のことを考えて暗い気持ちにもなる。

でもそのあと、急にムクッと元気になって、モリモリ仕事をして、今日予定していたところまでは全部終わった。そんなもんだ。

3月19日（水）

フェイスブックでシェアされていた「はじめに見つけた3つの言葉が、今のあなたに大切なもの」という記事が面白かった。ひらがなが、縦と横にランダムに並べられている。

私がパッと目にとまったのは、「ゆめ、よゆう、しんらい」。

私がデザインしたエプロンが、ようやくユニフォームのカタログに載った。ダイジョーブタがついている、介護や小児科用のエプロン。去年の秋前にはできていたのに、そこからが遅かった。ようやく……。

3月21日（金）

住みかが決まるというのはすごくいいね。そこに重きを置かない人もいるけど、私の場合、こんなにも重要だったとは。落ち着き度が全然違う。

今日は、サンマーク出版で担当してくれた編集者、Rちゃんの結婚式に出席した。

久々に感じた「いい結婚式」だった。

新婦のRちゃんがとっても自然体でのびのびとしていたところがとても良かった。

新郎は誰もが認めるハンサム！　いまどきの弱そうなイケメンではなく、古き良き時代の「男気」を感じさせる人だった。髪の毛も短髪だし（笑）。私の男性の友達が写真を見ても、「これは本当にカッコいいね」と認めるカッコ良さ、しかも京大卒。

そしてもちろん、Rちゃんも本当にかわいかった。

去年の八王子講演に、カップルそろってお手伝いに来てくれたときから感じていたことだけど（新郎も出版関係なので）、お互いがとても支え合っているのが感じられて、良かったなあ。結婚ってこうあるべきだよね～とか思い、入場のときに号泣してしまった。

「なんで、あなたがそこで泣くのよ……」と友達に突っ込まれる。

3月23日（日）

今日は名古屋講演だった。新幹線からの富士山がものすごくきれい。

講演の最後に、私の好きな詩を紹介してみた。

詩の内容に感動して、思わずホロリときそうになる。でも一方で、「あら～、私、詩なんて暗唱しちゃってる……」と遠いところから自分を眺めていた。

踊りなさい、誰も見ていないかのように
愛しなさい、一度も傷ついたことがないかのように
歌いなさい、誰も聞いていないかのように
働きなさい、お金が必要ないかのように
生きなさい、人生最後の日であるかのように
（byアルフレッド・D・スーザ）

いろんな訳があるので
（これはいくつかのサイトから）
ご了承ください

3月24日（月）

私、今、恋愛関係で人生の岐路。

ひとつ決断を迫られていることがあり……頭で考えて答えを出そうとすると簡単なんだけどワクワクしないので、こういうときはしばらく様子を見よう、とわかっているんだけど、なにをしていても常にそれが頭にある。答えを迫られているからね……。

世間の大多数の意見からしたら、それを選んだほうがいいと思う。でも、そこに張本人の私がワクワクしなかったら、やっぱりやめていいんじゃないかなあ。たぶんそれも、世間の大多数の意見からしたら、どうして！　もったいない！　とか言われるかもしれないけど、私がそう思わないんだから仕方ない。

この心の感覚を無視したら、後で絶対に後悔すると思う……ということだけは、はっきりわかる、ということは、つまり答えはもう出ているんだね。だから、「様子を見よう」というのは、「それでいいのだ！」と再確認させてくれることが起こるまで様子を見よう、という感じ。

よく思うんだけど、自分がどうしたいのかわからない、というとき、よ～く自分の心を探ると、答えはすでに出ている、ということがよくある。でも心おきなくそっちに進めないのはなぜか、とまた考えてみると、また別の理由が出てくる。たいていは、それで本当にいいのだろうか、とか、そっちを選んでうまくいかなかったらどうしよう、という起きてもいない未来の心配が多い。

でもそれは、絶対に大丈夫なのだ。だって、まだ起きていないんだから。これから自分の選択と行動でいくらでも変えていける。先のことを心配して、今、本音でないことを選ぶなんて、ナンセンス。

そんなふうにどんどん皮をはがして、最後の種になった自分を見ると、答えはいつもある。で、話を戻して、それでもやっぱり「これでいいんだ！」という確信が欲しいから、宇宙にお願いした。

「私の判断が正しいことを証明してくれるようなサインを、数日以内に見せてください」

そうすると、くるんだよ。

3月25日（火）

きのう宇宙にお願いしたから、今日はスッキリ。

心の荷物を預けたかのようだ。


ちょびちょびと、引っ越し準備を始めようかな。

といっても、捨てるものはもうほとんどないので、自分で梱包したい大事なものを選別する作業だ。

契約は来月の半ば、引っ越しは17日。早く動きたい。

最近仲良しのマスちゃんに、

「今度、引っ越すのね」と言ったら、

「……誰が？　帆帆ちゃんが？　家族みんな？」と言うので、

「私、ひとり暮らしなんですけど……」

と言ったら、驚かれた。不思議……私、家族と一緒に住んでいるとよく思われる。7年前からひとり暮らしなのに。

3月29日（土）

朝よりも、これから夜が始まるっていう夜の10時くらいのほうが時間がたっぷりあるように感じられる。好きなことがゆっくりできる気持ちになるから。

千葉県野田市にあるキッコーマンのお醤油工場を見学した。

知らなかったことがたくさんあった。特に醤油作りの最後の工程で、上から重しを載せて醤油を少しずつ絞り出していくところなんて、こんな方法だとはまったく知らなかったし、とても日本的でよかった。大人になってからの工場見学はためになる。

でも……、私、こういう「食材の成り立ち」みたいなことにはあまり興味がないんだな（笑）とわかった。それは、それが得意な人、やって！　という感じ。

でも、キッコーマンのFさんの話はすごく面白かった。世界遺産に登録された「和食」の定義とか、日本にある本来の素材の話とか、立て板に水のように話し続けるので、そのなめらかな動きを観察してしまった。とてもためになった。

終わってからみんなで食事。

向かい側に座った友達が机の下をのぞいて笑っているので、私ものぞいてみたら、Cさんの靴下が、つま先から脱げてブラブラしていた。

3月31日（月）

桜のシーズンがやってきた。

夜、待ち合わせをした場所も、ふと気付けば目の前に夜桜。

今週中にお花見しようっと。

4月2日（水）

世界文化社の前の桜がとってもきれいだそうなので、今日は出版社にて打ち合わせ。食堂の隣にある小会議室が一番きれいということで、わざわざその部屋にしてくださったのに、雨だった……。花びらが重く、空も暗い。

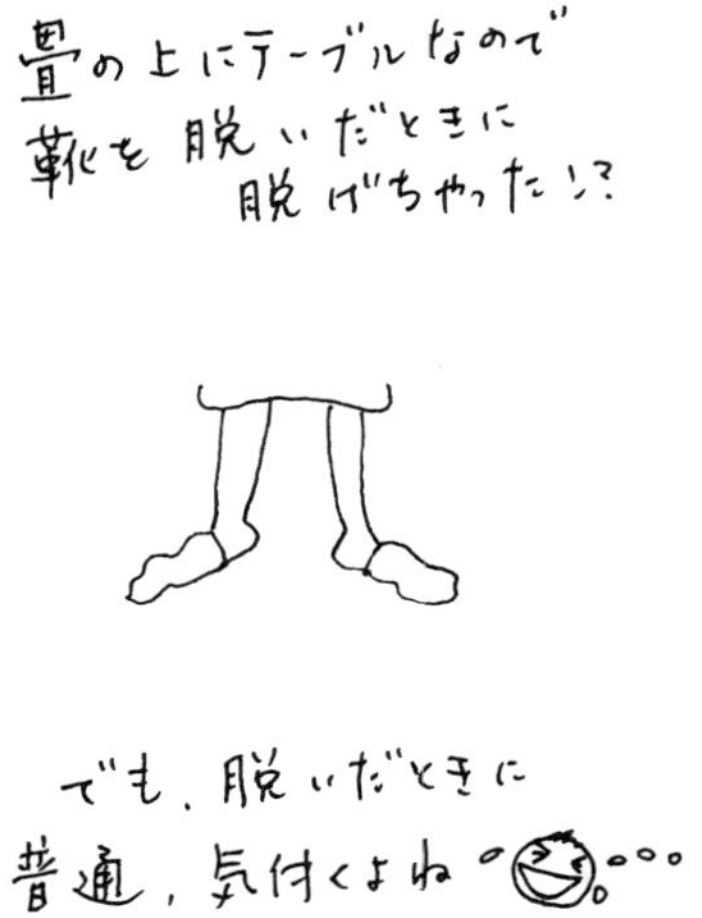
畳の上にテーブルなので
靴を脱いだときに
脱げちゃった!?
でも、脱いだときに
普通、気付くよね。。。

大事な話が終わってから、編集のTさんに言われた。

「帆帆子さんは、男女のいろいろを書いたりはしないんですか?」

また恋愛ネタ……。

「20代の独身女性へのハウツーものではなくて、もっと大人の男女の読み物です」

と言っている。もう少し大人になったら書こうかな。

4月3日(木)

ああ、引っ越しするまではどうも落ち着かない。

引っ越したらどんな世界が広がるだろう、と妄想にふける。


今日は、本田健さんに呼んでいただき、「バードライフ・インターナショナル」のチャリティでイタリア大使館にお邪魔した。

2年ぶりの高円宮妃殿下は、相変わらずしなやかな強さで魅力的。

庭が素晴らしかった。

世の中には、いろんな人がいるなあと思う。

「ああいう人になりたい」とひとりだけに絞れる「憧れの人」って、私にはいない。あの人のこういうところは素晴らしい(私もそうでありたい)と思う人はたくさんいるけれど、その人のすべてがそうかと言ったらもちろんそうではないし、生活スタイルや好みは人それぞれだ。

すべてが「私好み」の人がいたら、その人は私自身のようなもので、そんな人はいるはずない。それぞれの人が望む「こういう人になりたい」は、その人自身がやればいいんだと思う。


さて、大使館の後はデート。

レストランのトイレでバッタリ、高校のときの同級生に会った。昔を思い出させるあっけらかんとした、好きな雰囲気だった。

ふむ……同級生というものについても、考える。

かつて、「同じ学校」という枠組みで仲良くしていた人たち、でもそれは「同じ学校」という枠組みがあったからこそで、今思うとまったく違う人や合わない人とも「お友達」をしていたなあ、と思い出す。子供の世界は残酷。そして、中学生、高校生は当然未成熟なので、今のその人たちは、当時のその人たちとはまったく違う。だから、かつてと同じ関係性で今も付き合うのは無理だよね。それを、かつてと同じ状態のグループでつるんでいたり、つるむのはいいけれど、その世界から抜け出せない人って苦しいだろうなと思う。違うか、その人たちはそこが居心地いいのか……。いまだに判断基準が当時のもの。

その人たちから見ると、たとえば当時いじめられていた人や、どちらかと言えば目立たなかった人が、今社会で活躍していたりすると、「学生時代は違ったのにね」とか言いたくなるのだろうけれど、その人にとってみたら学生時代のほうが違ったんだと思う。あのときは、まだまだ発達途中、今のほうがその人の本当の人生が始まっている。

かつての記憶ではなく、今のその人を、今日はじめて会ったように見たい。

4月4日（金）
ダイヤモンド社からの翻訳本はほぼ終わり、今、表紙を考えているところ。
本の中に出てくるキーワード、「お猿、スイカ、紙ナプキン」を描いている。
タイトルは「3つの魔法」になりそう。

私のまわりで一番くらいにお店をよく知っているMちゃんと、ごはん。

桜の見えるお店に行こうと思っていたけれど、どこも満席らしいので、Mちゃんおススメの「ふぐ」と「すっぽん」の美味しいお店に行く。ふぐとすっぽんを女性同士で食べに行くって……私も大人になったなあと思う。ふぐとすっぽん……。

着いてみたら、「ふぐとすっぽんのお店」というイメージからは想像もつかない広々とした、モダンなお店だった。

そして、桜があった！　東京タワーの向こうにも見えるし、店内にも大ぶりの桜の枝がアレンジされている。

「あるじゃない！」

「さすが！」

と、和気あいあいとふぐを食べる。

掃除効果の話をしていたら、最近Mちゃんが取材したある料理研究家も、「とにかく掃除」と語っていたらしい。その徹底ぶりは、Mちゃんから聞いているだけで、私もそこにいたかのように伝わってくる。庭に面した大きな一枚ガラスが、磨かれ過ぎていて、ガラスがないかと思ったくらいだったたって。

シンプルで上質で洗練された暮らし、私も引っ越ししたら始めようっと。

4月7日（月）

物件購入の諸手続きのために、いろいろと気を揉むこともあったけれど、今日すべてが完了した。あとは契約を待つばかり。うん、進んでいる感がある。

引っ越し作業って、究極の断捨離だよね。これまでは、実家を出ていても「借り住まい＝仮住まい」という感じで、実家に大量に荷物があっても気にならなかったけれど、今回はかなり意識が違う。どんどん整理して、身軽になる予定。

4月10日（木）

引っ越し作業が終盤を迎えている。

自分でしなければいけない梱包作業がけっこうある。

作業の合間、辻仁成さんの『サヨナライツカ』を読んだら止まらなくなった。映画で観たけど、本ははじめて。最後あたりの救いようのない苦しさと悲しさに胸がつぶれそうになり、そこから芋づる式にいろんなことを考えたら憂うつになった。やっぱり、こういうものを読むと引きずられる。

同じように、底知れぬ暗さを感じて終わる本は、十分に感謝をしてから処分の箱へ。

外は、暑いくらいの暖かさ。

気分を切り替えるために、ホットケーキでも焼こうっと。

4月11日（金）

5、6年前の「毎日、ふと思う」を読んでみたら、ずいぶん食べ物のことがたくさん書いてあった。今日の夕食は〇〇を作る、みたいな。今のほうがずっと料理をしているのにね。きっと、もうそれが普通になったから書かないんだよね。

夜、友達と、最近馴染みのバーに行く。

なんとマスターが、私たちが行くたびに話していた「カロン・セギュール」を入荷してくれたという。

マスター「『〇〇のお酒を入れといて』と言われて入荷したら、その後まったく来なくなってしまうお客さんも多いので、確実に何度かいらしていただいてから入荷するようにしているんですよ～」

と言っていた。

え（汗）……来週引っ越すから、もうこの辺には来なくなるんだけど……とはあまりにタイミングが良すぎて言えなかった。

↑その後、本当に行かなくなってしまい…どうしよう、行きづらい

4月12日（土）

今日から、ファンクラブ「ホホトモ」の皆さまと一緒に出雲に来ている。

きのうも、楽しみで寝られなかった。すごい興奮ップリ。

だって、ホホトモツアーって、どうしてなのか、面白いことがいろいろ起こるんだもの。たぶん、みんなが「そういうこと」が起こるのを期待しているんだよね。その期待のエネルギーが、それにふさわしいことを引き寄せているんだと思う。


数年前からの伊勢神宮とのご縁で、この数年は「天津神《あまつかみ》」（天照大神《あまてらすおおみかみ》）とのご縁があった私だけど、昨年の秋に伊勢神宮の「式年遷宮」に出席させていただいたときに、天津神をめぐる動きには一区切り、という感覚が湧いた。するとそれにともなって、今度は「国津神《くにつかみ》」（大国主神《おおくにぬしのかみ》、スサノオノミコト）とのご縁が深まったので、この出雲ツアーを企画したのだ。私の言う「ご縁が深まる」とは、それに関係ある話が集まってくる、ということ。それまでは伊勢神宮関係の話ばかりだったのに、急に出雲大社関係の話が増えてきたのだった。


さて、ツアーはじめの訪問先は、「八重垣《やえがき》神社」。

スサノオノミコトと、その奥さまのクシナダヒメがお祀りされているところ。

お参りはいつもの通り、住所と名前、日頃の感謝を伝えてから、自分の望みをはっきりとわかりやすく。「○○になるために（するために）、今の私に必要なことを教えてください」とか、「その方法をわかりやすく教えてください」というようなお願いの仕方が、この数年の私のヒット。ただ「うまくいきますように」とか「お守りください」よりも、それに向かう方法を日常生活で知ったほうが、確実に進んでいる感があるから。

それに、この祈り方のほうが、「自分がお祈りしたことに対して、宇宙（神様）が日常のあらゆるものを通して答えをくださっている」ということをリアルに感じられるから。


おみくじも引いた。大吉だった。ホホトモさんと一緒に行動しているときって、いつも大吉。「場」のエネルギーが良い状態だからだと思う。

社務所で売っている「占いの紙」に硬貨を載せて、奥の池に浮かべると、紙に書いてある字（メッセージ）が浮き上がる。早く沈んだ人は願いごとが早く叶い、遅く沈む人は時間がかかる、というような……お遊びだけど、ここにも偶然性の神秘があるので、どんな言葉が浮かんでくるかも偶然ではないのだろう。

池の前で、みんなで記念撮影。


次は熊野本宮大社《くまのほんぐうたいしゃ》だ。ここは私の大好きな神社。広々していて、鳥居の手前の赤い橋も、境内も気持ちがいい。人も少ないのでゆっくりとお参りをして、叢雲《むらくも》のついた櫛《くし》を買う。直前に参加できなくなったツアー参加者へのお土産。

ああ、空も青く、桜が映えて、いい気持ち。

歩きながら、参加者の皆さまからいろいろな話を聞くけど、たいてい話しているうちに自分で質問の答えや解決方法をしゃべっていることが多い。

「今、答え言いましたよね（笑）」とかいうこと。みんな本当の自分は答えを知っている。それが、人に話すことで出てきたり、その本音が実は答えだと気付いていなかったりするだけだ。

それから、このツアーに来る前に、すでに「今回の旅の意味はこれだ！」と思うことが起きて、「だからこの旅行は、もう後半のおまけみたいなものなんです（笑）」という方もいらした。そこに行く、と決めた時点でいろいろなことが起こり始める。

最後に揖屋《いや》神社に行く。ここも私のお気に入りの神社で、イザナミノミコトがお祀りされているところ。近くには黄泉《よみ》の国とこの世を分ける「黄泉比良坂」があったとされる場所がある。

本殿の手前にある囲いの中、すごく無防備な場所に、ご神体？　であろう鏡が安置されていて、はじめて来たときに、

「これ、盗られちゃうんじゃない？」

「ここに来るような人は信心深いから、さすがにそれはないと思うわよ!?」

とか話したところだ。そして、「その鏡に誰か写ってる！　神様!?」と思って近づいたら自分だった、という場所だ。神は自分自身？　……深いね。

右横から奥にまわり、みんなで本殿の裏を歩く。すごくパワーの強いところ。緑と光が気持ちいい。

夕食まで、部屋でボーッとする。

ひとりひとりの顔を思い浮かべようとしたけれど、さすがに全員は難しい……。

夕食の会場では、ひとつひとつのテーブルをまわっておしゃべりするのがとっても楽しい。

数少ない男性がいるテーブルは、また独特の盛り上がりを見せていた。

昼間、ある男性から聞いた話がとても良かったので、夕食のときに皆さまの前でお話していただくことにしたら、すごく緊張したらしく、あんなに素敵な話が妙に小さくまとまっていた。

「あれ？　もっと面白い話だったはずだけど……」

と言ったら、みんなが笑ってた。

なので、もう一度私が皆さまにシェア。

4月13日（日）

曇り。寒くなく、暑くなく、絶好の旅行日和の気温。

まず、日御碕《ひのみさき》神社に行く。ここは、海のそばに赤いお社が目立つ竜宮城のような神社。天皇が歌を献上された石碑が建っている。

お賽銭箱の隣にあった、小がわいい変わったおみくじを引こうかと迷ったけど、やめた。さすがにもういいかと思って。


面白いことがあった。

きのう、ツアー恒例の「Q＆Aコーナー」（事前に送っていただいた質問に私が回答する）で、私が最後に答えた質問があった。それは、今回の質問の中で一番内容が重かったので、私も時間をかけて丁寧に答えさせていただいた。ところがその質問は、ツアーの２日目

（今日）から参加する人（仮にIさん）の質問だったので、答えたときに該当者はバスに乗っていなかったことが今日判明。そこで、移動の時間にバスで私の隣に座っていただくことにして、ゆっくりお話することができた。

きのうの質問がIさんのものだと、なぜそれがわかったか……Iさんは、きのうの夜に旅館に到着し、同室の女性に今日のツアーの内容を聞いたところ、その人が「特に印象に残ったのは……」とバスの中で聞いたIさんの質問の話をしたという。それは、彼女もその質問と同じことを過去に経験したことがあったので心に響いたらしい。お互いに同じ経験をしているふたりは、その夜、いろんなことを語りあったという。

その人と同室になったからこそ、Iさんはその質問が読まれたことを知った……こういうとき、思うんだけど、Iさんははじめ、ツアーに遅れて参加することをとても残念に思っていたそうだけど、むしろそれで良かったということになる。だって遅れたおかげで、バスの中で隣に座っていただき、他の人より時間をとってゆっくり話をすることができたんだから。そして、「誰と同じ部屋になるか」というような偶然の組み合わせにも、神様の絶妙の計らいがあるんだな、と思う。その人がIさんと同じ経験をしていなかったら、その質問を印象的とは思わなかっただろうし、そして、いないときに答えてしまった、ということが私たちの耳に入ることもなかっただろう。

すべて、ベストなことが起こっている。だから、「本当はあっちが良かった」とか「この席じゃなくて残念」というようなこともないんだよね。それが一番いいってこと。

こういうことは、日常生活でも起きているんだけど、ホホトモツアーにいると、そういうことを感じやすくなるから不思議。

さて、本命の出雲大社へ行く。

鳥居を入ったすぐの祓所《はらいのやしろ》で各自お祓いをすませ、本殿で、ひとりひとり名前を入れていただいて正式参拝をした。

本殿の敷地内に入ると、不思議と空気感が変わる。空間としては外とつながっているのにね。それがその「場」のエネルギーなのよね。

本殿裏側にある、スサノオノミコトがお祀りされている素鵞社《そがのやしろ》にも行く。ここは、私が天津神とのご縁のほうが強かったとき、何度来てもお参りできなかったところだ。はじめに出雲大社に来た何回かは、本殿の裏側にこんなに力のあるお社があること自体を知らなかったし、次のときは裏側にまわる道を見つけられなかったりした。すごく簡単な道なのに……神社って本当に縁ものだな、と感じたものだった。

皆さまがランチをしているあいだ、近くの「稲佐《いなさ》の浜（国譲りの神話で有名なところ）」でスタッフたちが砂を集めた。参加者の皆さまへのお土産にする。縁起のいい御砂。

4月14日（月）

ホホトモツアーのあいだは、とにかく流れが良くて気持ちがいい。自分でも高いエネルギーになっていることがわかる。これと同じ状態で日常を過ごすぞ。

世間では小保方晴子さんのSTAP細胞問題が大きく取り上げられている。私は、日本の国益を守るためにも、今、彼女は国から全面的に保護されなくてはいけないのでは？　と思う。彼女は利権をめぐる組織の餌食。こんなことをしているうちに小保方さんが海外に出れば、この研究結果はあっという間に外へ漏れていくのに……というようなことを思っていたら、同じようなことを書いてくれているサイトがあったので、フェイスブックでシェアした。

（鼓動館ブログ「一切報道されないSTAP細胞の裏側」
http://blog.livedoor.jp/kodohkan/archives/51944343.html）
この文章にある「もしこれが米国で起きたことならば、（中略）ホワイトハウスが小保方さんを保護し、軍の実験施設内に専用のラボを移して、あらゆる国家予算を与えて小保方さんの実験を援護し……」というあたり、本当にそのとおりだと思った。

まあ、こういうことをわかっている人はたくさんいても、真実を報道できないマスコミの悲しさと限界を思う。

4月16日（水）

午前中は新しい部屋の契約だった。

はじめてオーナーさんに会った。とても素朴ないい感じの方。口数は少なく、瞳がつぶらな印象で、なにかを追求していそうな人。いい意味で「オタク」を感じるようなストイックさがある。でも、それくらいじゃなくちゃ、この部屋の改装の徹底さはないだろうし、今のこの方の仕事の成功もないだろう。

印鑑などが入っている布製の袋に、どこかの神社の木片（お守り？）がついていた。大事なものがたくさん入っている袋だからつけているんだって。

結局、壁にはまったテレビ4台、冷蔵庫、洗濯機、ラグチェアー、ビジネスチェアー、書斎のライト、クローゼット前のラグカーペット、ベランダの植木鉢類などを残してくださることになった。

ありがとうございます。すべて、大事に大事にかわいがりますね。

うれしい気持ちで部屋に戻って、引っ越しの最後の準備。

準備といえば、来週のバリ島取材、資料は読んでいるけれど、パッキングはまだまったくしていない。バリには、バリ時間と呼ばれる独特にのんびりとした時間の感覚があるようで、現地からのいろいろな返信も遅いらしく、まだ決まっていないことがいくつもある。いろんな段取り、大丈夫かな。

それを友達に話したら、

「帆帆ちゃんって優等生タイプだからね。なんでもちゃんと決まっていないと不安になるでしょ!?（笑）でも、現地に行けば、それなりになんとかなるものだよ」

と言われる。

そうだよね。それなりっていうのは、その物事にふさわしい流れがある、ということだと思う。逆に言えば、それにふさわしくない進め方をするとうまくいかない、ということ。だから、日本の感覚で早目にビッチリ決まっていなくても大丈夫なんだろう。バリでうまくいく方法がバリ時間なんだとしたら、それに委ねるしかない。

4月17日（木）

引っ越しました。ヒャァ、疲れたぁ。

搬入に思った以上に時間がかかり、「午後の5時までに搬入」というのを超過してしまった。でも引っ越し業者さんたちは本当によくやっていた。若者の男性たち、8名。はじめは4名だったんだけど、あまりの荷物の多さに後半から4人追加されていた。

全体をまとめるリーダー的な人は、やはりとてもてきぱき、部下に指図をするときも、人によって声色や表現を変えたりして、とても上手。

それに比べて他の人たちは、自分より下のバイト君に指図をするときに乱暴で、効果的な言い方ではなく明らかに日頃のうっぷん晴らし、という感じだった。

そんなことを感じつつも無事にすべてが搬入され、今、ダンボールの山の前でボーッとしているところ。今日は親戚たちとごはんに行く予定だったのだけど、叔父が熱で朝から寝込んでいるとかで延期になった。それで、デリバリーのピザ。

注文を受ける人が間違えて、MサイズがLサイズになって配達されてきた。「料金はそのままで、Lサイズをお召し上がりください」だって。

いつでもどこでも眠れるほど、体全体が心地よく疲れている。

4月18日（金）

午前中、ネイル。引っ越し作業で爪がボロボロになっていたので生き返った。

来週からバリだから、ゴールデンウィーク前の平日は今日しかないということで、午後は家具を見に行った。これまで使っていたダイニングテーブルは鉄製でとても大きいので、処分する。

とっておけばよかった、と後から思う。
軽井沢の庭に置きたかったって。byママさんちょうどいい机が見つかった。それから寝室のクローゼットも。

前のオーナーさんは男性だったので洋服の収納スペースが足りない。クローゼット部分の半分はガラスの棚（洋服屋のディスプレー棚みたい）になっているし。

そうそう、それから、バスルームや書斎、クローゼットなどの電気が自動センサーでつくので、便利なようですごく不便。時間設定を10秒から30分まで設定できるけれど、短く設定したらすぐに消えてしまうので不便だし、5分や10分に設定したら、その部屋をちょっと横切るだけで何分もつきっぱなしになってしまってもったいない。特にお風呂に続くパウダールームはとても広く、廊下と寝室とキッチン側と3か所から入れるようになっているので、横切るたびにライトがつくのは困る。

ということをいろいろ考え、あちこちに手配の電話。


一応、段ボールをすべて開封。

ものすごい混雑っぷり。床掃除なんて、まったくできない。

4月19日（土）
朝、共同通信の原稿を2本書く。来週は日本にいないので、今週は2回分。
原稿を写真に撮って、編集者さんに送る。まだネットが開通できていないので、しばらくはアイフォンがたより。

バリから戻ったら、建築事務所の人や電気屋さん、ＮＴＴの人が来て、このあいだ買った家具の搬入もあるので、それまでに人が通れるくらいは片付けたい。

お昼頃、バリの最終打ち合わせで編集のＩさんがやってきた。マンション１階のサロンで話す。月曜の飛行機の時間を確認したら、夜便だと思っていたのに朝だった……。どうしよう、月曜にやろうと思っていた仕事が明日中にできるかどうかを考える……やれると思う、というか、やれ！

ドラッグストアで旅行用のいろいろを補充して、それから片付けの続き。

洋服収納スペース
すりガラスなので
外側から
ぼんやり見える
きれいにしないと!
前のオーナーさんは
洋服のお店みたいに
きれい〜!!に並んでた

ダンボールがひとつないような気がする。私の勘違いであって欲しいと思うけど、⑦と書いたダンボールに入れていたはずのものがごっそりない……。でもまぁ、そこに入っていたものは、バスタオルとか、顔のパックとか、かわいい石鹸など、困るものではないから、もしなくなってしまってもまあいいか。

↑結局、出てきた

4月20日（日）

仕事の絵カットを描いて、やって来たバイク便の人に渡し、ちょこまかとした雑用をすませてから、もう一度ドラッグストアへ行く。

すでに南国の気分なので薄着で外に出たら、すごく寒かった。4月って、まだ寒い。

新しいエリアのクロネコヤマトの担当の人は、快活な女性だった。

これまでの法人登録のことなど、細かいことをいろいろ質問したら、とても感じが良かった。

前の家のエリア担当の人も優しかったし、クロネコヤマトは評判がいいのも納得。

私はこういう手続き関係の諸々があまり好きではないので、その手のことをしなくてはいけないときは、一日たっぷりと時間をとって、ババババババッと一気にやるようにしている。

ゆっくりやろう、と思うほうがストレス。とにかく深く考えずに、勢いでババババババ～ッとするのが大事。

4月21日（月）

今、バリ島行きの飛行機の中。ＪＡＬのジャカルタ線ははじめて乗ったけど、ハワイ便に比べて格段に食事が美味しかった。まあハワイ便はシートも古いし、あまり快適ではないから比べるのはどうかと思うけど。

4月29日（火）

日本に帰ってきました。この9日間の様子は、『浄化の島、バリ』（ヴィレッジブックス）で。

しかしバリ島はすごかった。島全体が神社の中みたい……聖域。なので、いるだけで浄化が行なわれるみたい。それによって、本来のピュアな自分になるので自然と覚醒が起こる。

思わぬ気付きがあり、変化が起こり、まさかこういう旅になるとは思ってもいなくて、今、「激的ビフォアー&アフター」の気分。その気付かされ方も、激しかった。

たとえばハワイは、あの空と海と虹や花のように、わかりやすい。きれいなものは誰でもきれいと感じるし、なにかに気付くようなときもゆっくりと自然で、思ったとおりの結果になって納得できる。でもバリは、その「気付き」にたどり着くまでに、谷を下ったり山を登ったり、それを繰り返してようやく到達、という感じなのだ。

バリのあの濃密なエネルギーは、現地のバリ人たちによる「おまつり」によって維持されていることがわかった。毎日毎日ひたすら祈り、その祈り自体がおまつり。

う～ん、これは……ちょっと寝かせて発酵させてから書き始めよう。今書くと、頭からシューシュー煙が出そう。

それにしても、日本、寒い。

5月1日（木）

そういえば私、バリの最後の日にお腹を壊して現地のお医者さんにかかったのだけど、それがまだ治っていないような気がする。フルーツの片方を私が、反対側をママさんがかじったら、私だけがお腹を壊したのだ。ママさん、丈夫。

その余波が残っているらしくて、きのうマスちゃんに興奮気味にバリ島の話をしていたら、最後のほうでグッタリしてしまった。

今日の片付け、本棚に本を入れる。

5月2日（金）

午前中、建築事務所の人や電気屋さんが来る。

午後はＮＴＴの人が来て、光電話にしてもらった。ネットの接続に時間がかかった。「前の部屋で使っていたWi-Fiの機械をそのままつなげれば、なにもしなくてもネットにつながります」と、ＮＴＴの人が電話でとても親切に教えてくれたのに、今日来た人は、「プロバイダのパスワードが必要です」とかなんとか言っている。そんなパスワードはとっくに闇の中だし、パスワード照会に必要な登録内容なんて、誰が覚えているだろうか。

さんざん時間をかけて、結局、「あれ？　機械のランプがついているからつながるかも……」と言いだし、そのますぐにつながった。「だからはじめから言ってるじゃん！」と思ったけど、まあ、こういうこともあるだろう。

私側の反省としては、こういうパスワード関連をしっかり整理しよう！　だ。無事に開通して本当によかった。


↗整理してない…

次の新しいものならやろう

5月3日（土）

今日は一日ゆっくりと片付けができる幸せな日。

まずは、ゆっくりとごはんを食べて、どこからはじめようか、ブルンと武者震いをする。

軍手をはめて、ちょっとずつ大事なものも飾ろうっと。

途中、ママさんが様子を見に来たけど、こういう作業に手伝いは必要ないよね。全部楽しいから自分のペースでゆっくりやりたい。

夕方から夜にかけては、ワインを飲みながら。

5月4日（日）

はあ、目が覚めると、まだまだダンボールがいっぱい。

ゴチャゴチャしてる。


友達と、「コレド室町」へ『テルマエ・ロマエⅡ』を観に行く。

世の中のゴールデンウィークのあまりの混雑にビックリ。なに？　コレド室町って、今、観光スポットなの？

先に着いたらしい友達から「すごいことになってるから。ホントにゆっくり来て。押しつぶされるかも……」と電話。

本当に押しつぶされそうだった。エスカレーターで映画館の階に降りるとき、前の人が止まっているので転びそうだったし。中国語が聞こえる……。友達と合流して、急いで中に入る。暗くてよかった。

ポップコーンとジュースの入ったトレイを、サッとジュースホルダーにさして、テーブルみたいにした友達。

帆「なにそれ？　いまどきの映画館って、そうやるの？　なんか、相当遊んでる感があるけど……（笑）」

友「そんなことないよ～（笑）。試写会とか、よく行くし」

帆「試写会で、ポップコーンなんて買わないじゃん！（笑）」

私が映画館で観た一番最近の映画は、宮崎駿さんの『風立ちぬ』。

『テルマエ・ロマエⅡ』は、なかなか面白かった。この業界にも詳しい友達は、業界的な批評をいろいろ言っていて、それも面白かった。たしかに、実際よりも宣伝力が勝っている映画だったな。

5月5日（月）

熱がある。まだ、バリからの体調が戻っていないみたい。なんだか弱ってる。

引っ越しの片付けを張り切りすぎたかもしれない。

ゴロゴロしよう。

5月6日（火）

なにもなく、ゴールデンウィークの東京ゴロゴロ。

パパさんから「どう？」と電話。

早くスッキリさせて家族を呼びたいなと思う。

そういえば、答えを迫られていたあれ、答えが出た。バリ島で。

行く先々で浄化され本来のピュアな自分になったら、本来のピュアな自分で思っていることが私にとっては正解、ということがよくわかったのだ。もう微塵《みじん》も迷いはない。

夕方になって、ケーキでも焼こうかな、と思うくらい復活してきた。

5月7日（水）

やっと復活した。

今年のゴールデンウィークは、ずっと東京だった。

宮澤正明さんの映画『うみやまあひだ』の試写会に行く。

宮澤さんが何年もかけて記録した伊勢神宮のドキュメンタリー映画。こういう映画だとは思わなかった、素晴らしかった。

「伊勢神宮をめぐる一連の神事は、永遠の循環を体現している」ということを再確認した。「いのちのね」である「いね（稲）」を食べることで日本人の命がつながれ、稲を作るには水がなくてはならず、その水を作りだしているのは森であり、木であり、ひとつひとつが循環のプロセスにおける役割を果たしていて、ひとつとして無駄なものはなく、すべてに役目がある。

宮大工の棟梁《とうりょう》をはじめ、登場する方々のお話も素晴らしかった。私の大好きな伊勢神宮の河合真如さんも出ていらした。観終わった後に、「本当にすべてに感謝だな」という思いが自然と湧いてくる映画だった。


家具がきた。うれしい。これでやっと仕事ができる。うれしい気持ちでフェイスブックを更新。

部屋がゴチャゴチャであること、探しているものがパッと出てこないこと、目をあげると山積みのダンボールが目に入ることなどが、こんなにもイライラを増幅させるとは思わなかった。床の水拭きもできていなかったし。

机もきたし、本棚に本も入ったので、一気に片付けよう。

片付けが一段落しないと、新刊（バリの本）も書き始める気になれない。

電子書籍の英語版の翻訳もきているので、さっそく読む。

バリ取材で一緒だったIさんも、帰国後、体調を崩したようで、病院で検査したら「チクングニア熱」の疑いがあるという。

チクングニア熱？　Iさん、これまで何回もバリ島に行っていて、はじめてだという。やっぱり、ママさんだけが丈夫。

5月9日（金）

共同通信社の携帯サイト「NEWSmart」に連載を始めて早4年……、連載200回を記念して、共同通信社の皆さまと食事をした。

たしか前も思ったけど、すごくバラバラで個性豊かなメンバーだと思う。ある意味、私の見ている世界とはまったく違う感覚で生きているように感じられる方々。世の中にはいろんな人がいる。

長年、私の本を読んでくださっている読者の女性も同席してくださった。

おいしいお菓子をいただいた。ありがとうございます。


う〜ん、なかなかバリの本を書き始められない。

来週から真剣にやろう。そのために家に籠ろう。できるだけ予定を入れないようにしたい。それまでにあとちょっと頑張って、私のお城作りを終わらせなくちゃ。この「お城作り」っていいね〜。これからは片付けのことをこう呼ぼうか？

5月11日（日）

朝起きたときに、美味しいコーヒーが飲みたくなったので、近くのカフェへ。さわやか過ぎる、この季節。新緑のにおいがいっぱい。

近くに犬のトレーナーの学校があるらしく、このあたりは犬の散歩のメッカだ。レトリバーのリードを持っている子に話しかけたら、触らせてくれた。写真も撮らせてくれた。今日はこの犬、来週はあの犬、というように面倒をみる担当が変わるらしい。

このカフェは、これから頻繁にお世話になりそう。オープンテラスが気持ちいいし、朝は

そんなに混んでいないので穴場。

天気、気候のさわやかさって大事よね〜。この新緑の香りはこれだけでワクワクするもの。

できるだけ長く外にいたい。

途中からママさんを呼び出し、今後に向けて作戦会議をする。パワーミーティングだ。

5月13日（火）

電子書籍の翻訳作業が大詰めを迎えている。タイトルは『Yes! You Can Be Absolutely

Lucky!』で決まりそう。

翻訳のIさんは、やっぱり最初から最後まで本当に丁寧な作業をしてくださって、ありがたかった。はじめに候補だった人は、途中から妙な違和感があったので思いきってやめて本当に良かったと思う。あれからいろいろなところで、その人と仕事で関わった人がトラブルを起こしている話を聞く　もちろん、その人と上手に仕事をする人もいるだろう。でも私とは合わなかったということ。方向転換して、本当に良かった。

もうすぐ、私のお城作りが完成する、もう少しだ。

5月16日（金）

仕事で外に出て、充実した気持ちで、帰りに買い物をするのはすごく幸せ。

今日はフルーツをたくさん買った。

私が、今の自分の仕事の形態でありがたいなと思うところは、まず、自宅で（というか、どこでも）仕事ができること。でもそれより重要なのは、「仕事上の縛りがない」ということだと思う。仕事の関係を考えて誰かとお付き合いをしなくてはいけないとか、お伺いをたてなくてはいけないとか、そういうことが苦手な私は、それをしないでいいのがなによりもありがたい。営業活動が、自分がタッチしなくていいところで行なわれているという、この出版というシステム。

だから、自由に書けるし、そういう人たち（私の代わりに動いてくれる人たち）への感謝の思いも湧く。

私、営業とかＰＲ的なことって本当に苦手。だからこれからも、それはそれが得意な人にまかせたい。今までこのやり方でやってきてどこにも不便はないので、たぶんこれから本以外の仕事をすることになっても、そこは変わらないでやっていくと思う。

5月18日（日）

午前中、スタッフたちとミーティング。クラウドファンディングの高額支援者の皆さまと、お茶とディナーの会をするのだけど、どちらも7月のはじめで、今からすごく楽しみ。

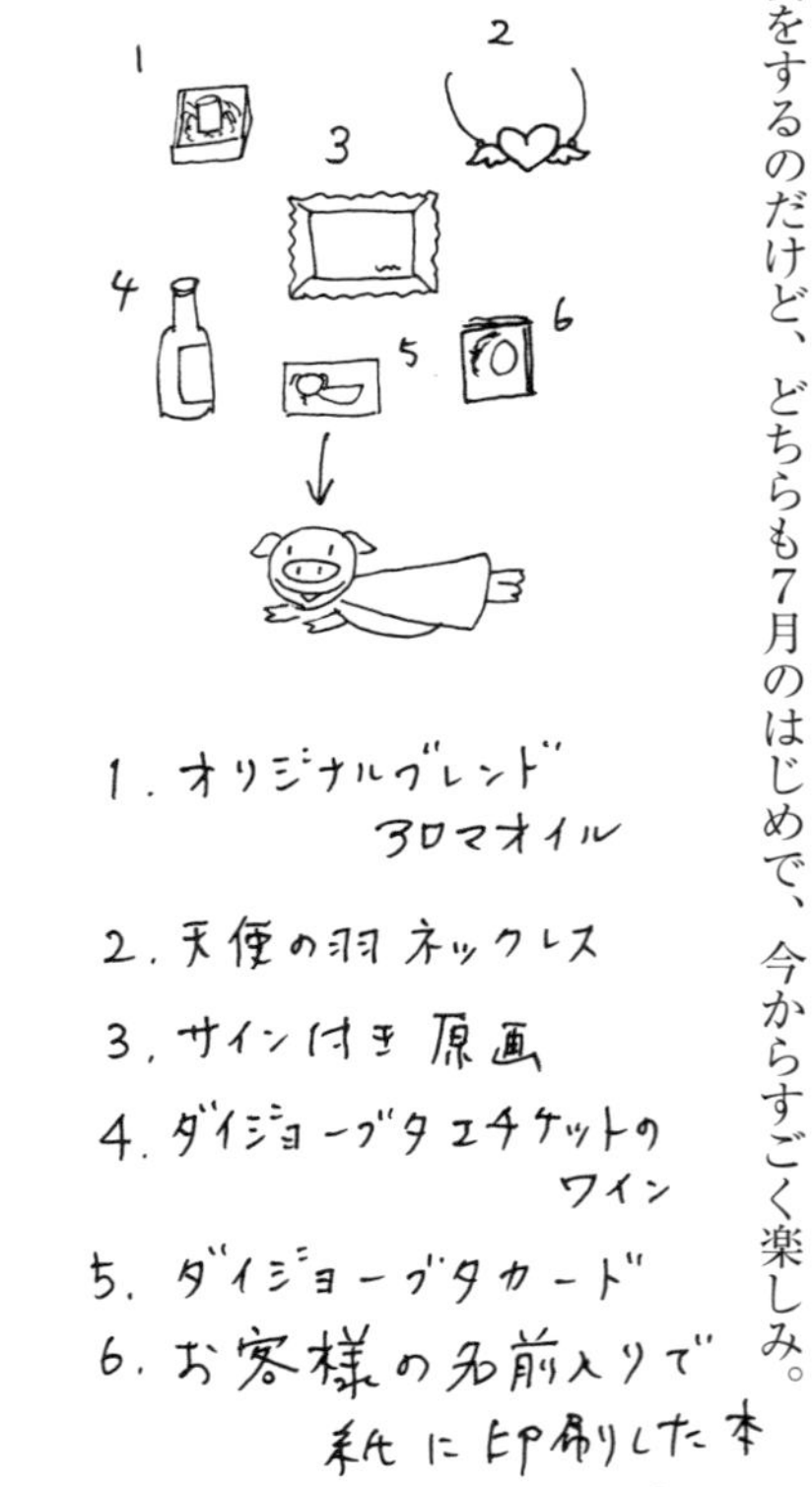
その他、無料ダウンロード権など

5月19日（月）

弟から連絡があり、ふたりで深夜のお茶へ出る。
うちからテクテク歩いて大通りへ。学生の頃からあるなつかしいカフェに入る。
帆「え？　ここ？」
弟「いいんじゃない？　一番近いし（笑）」
すべて、なにも変わっていない。中2階の外のテラス席に座る。
弟「うっそ、このメニュー、まだあんの？」
とかいろいろ楽しくメニューを見て、巨大なグラスのマルガリータをたのむ。

彼のまわりをとりまいている環境について、彼なりの感想と今後の進め方を聞いた。
私が協力できる部分はするつもり。
仕事は相変わらず楽しく充実しているようだ。なによりだと思う。

5月23日（金）

すぐにお店の人と仲良くなる人って、いるよね～。別にお店の人に特別たくさん話しかけるわけでもないし、印象的なことを言うわけでもないのに、次に行くときにはもう常連さんみたいになってる人。

マスちゃんもそう。たぶん、外に向けて心が開いているんだと思う。「心が開いている」という言い方は、閉じているより開いている人のほうがいいような気がするけど、どちらでもいいと思う。どっちのスタイルか、というだけだから。

でも、「開いている人」と一緒にいると、外に出かけるときなどは楽。


過去に後悔することなんて、あるかな？　だって、その瞬間はそれが良かったんだから。ああでも、そのときに自分の本音のとおりにしていなかった人は後悔するかもね。

当時の自分の本音で「いい」と思ったものを選んでいたら、後から見て、「あのときこうしておけば、今こうなっていたかもしれない」と感じたとしても、それは「いいとこ取り」のような気がする。だって、それは当時、自分の本音とは別のことを選ぶということであり、はじめに本音と違うことを選んだら、その後ずっと現在に至るまで、いろいろな我慢が発生することになるし、その中で進んでくることになっただろう。

そういう我慢を全部経験する覚悟があるなら、「違う選択をすれば良かった」とか思ってもいいけれど、それらの集大成のいいところだけを見て、「ああしておけばこうなったかも（そっちのほうが良かったかも）」というのは無理があると思う。

5月25日（日）

今日も晴れ。最近、毎日ずっと晴れ。そして毎日さわやか。

運動不足なので走ろうと思い、よくジョギングをしている近くの友達に連絡。うちと友達の家の中間地点で待ち合わせることにした。

ジョギングのはずが、すぐにウォーキングになり、お店をのぞきながらタラタラのんびり歩いていたら、友達はパワフルに走って来た。予定より、ずっとうちに近いあたりで合流。

これからは、人が少なくて朝ごはんの美味しいところを見つけようと思う。

グッと集中して、バリの本をだいたい書き終えた。

思い返せば思い返すほど濃密な旅行だった。覚醒の旅。

今年のホホトモツアーはバリ島ですることにしたんだけど、すごくいいと思う。

みんなでガツンと気付く旅だ。

そう、このあいだも書いた、バリ島で答えが出たことについての続き。

私は、「このままいくとこうなってしまうかもしれないから……」という先を見越して、今、本音ではないことを選ぶことはできない。

たとえば、いずれこの土地は暴落するから（大好きだけれど今のうちに売ってしまって）、多分高騰するだろうあの土地（それほど好きじゃないけど、悪い点もない）に今、引っ越す、というようなこと。これはただの例だけど、あの土地に引っ越すのであれば、その土地を気に入って、完全にそっちに気持ちが移ってから移動したい。そうではないと、その先になにかあるたびに後悔すると思う。だって、移る前の今の土地が消えてしまうわけじゃないんだから。移った後も残っているのだし、もしかしたら暴落なんてしないかもしれないのだ。
今が気に入っているのに先のことを先回りするなんて……そんな予防線みたいな感覚で生きていたら、いつも準備の人生だよね。
そう考えると、この1ヶ月くらい迷っていたことの答えも出たのだ。

5月30日（金）
もう来年の手帳のデザインを考える時期とは！
この数年、「月日の経つのは早いなあ」と一番感じるのがこの作業。
「浅見帆帆子手帳」も来年で6年目。

6月1日（日）
今日は久しぶりにゴルフで、久しぶりにロングでバーディーをとった。
帰りに、みんなで焼き肉、学生時代に戻ったみたいだった。

このマンション、住んでみてしみじみ、サービスがよくて素晴らしい。
一番気に入っているのは、朝の決まった時間帯に部屋の前にゴミを置いておくと回収してくれること。引っ越しのときも、粗大ごみの処分について聞いたら、回収に必要な札まで貼

3／12　カメ吉、ユメ子、ワタミマン

2／8　夜中の雪に興奮

1／26　Y君の芸大卒

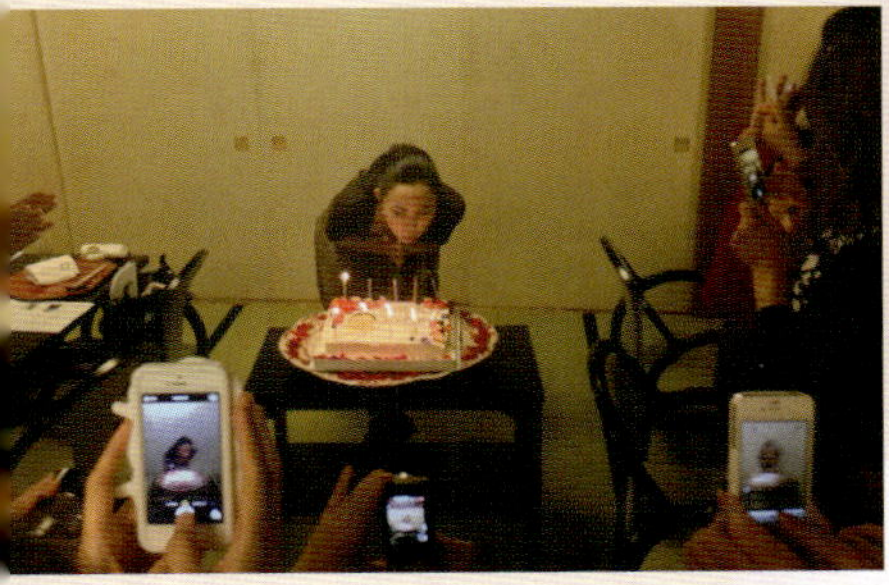

2／1　サプライズバースデー

2／14　ブタのチョ

3／3　ハワイツアー下

3／3　絶壁と望遠鏡

オアフに移動
幼少時代にいた
コンドミニアム

マウナラニの「フィッシュポンド」

4／4　桜、あった

4／12　ホホトモ出雲ツアー

揖屋神社の裏側
光と清涼感、ホホトモさんたち……
この場所、好きだった

バスのマイクにもすっかり慣れた

4／12　AMIRI新作

熊野本宮大社、特にパワーが強い（らしい）橋をズンズン渡る

前の部屋、リビング

前の部屋、リビングからキッチンを見る

前の部屋、左の空間から奥が書斎

毎朝の床掃除……本当によくやった

5／7　新居で仕事環境が整う

4／21〜　バリ島の本の取材、
詳しくは『浄化の島、バリ』へ

5／9　新居のお城作り

7／1
ダイジョーブタカレンダー
巻末の塗り絵

一番はじめに描いた7月

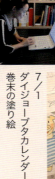

9／13　ちょっとしか出なかった海

5／18　クラウドファンディングの特典プレゼントの一部

8／10　夕方には
上がっちゃった雨

10／1　介護ユニフォーム
「浅見帆帆子ライン」

11／10　サンマリノワイン

9／23　ピクニック

8／5　ゴルフとかき氷

8／27　テ・レ・ビ生出演

バリテレビの取材

10／11　ホホトモツアーの皆さまをバリ島でお迎え
お気に入りのバリの民族衣装

10／12「パサール・アグン」で、
喜ぶマンクー

焼ける日傘、影が穴だらけ～！

大騒ぎだった「スバトゥの沐浴場」

部屋のプール、皆さまのお部屋にもついています♪

ブサキ寺院のロックンローラー（のような）マンクー

10／12　ケチャックへの松明の道、
男の子がかわいい

10／13　大好きなジェロさんに愛の寺院で祈祷を受ける

みんな写真に入りがたがる。
本当に関係ある人は私の左右２人まで

洋ナシの「ムシャムシャ」が
聞こえた瞬間！

なんだか偉い(らしい)
「祈りを捧げる人？」
がいらしていた

10／14　このあと、理想の籠バッグを見つける

10／14　「ウルワツ寺院」の特別参拝所

祭壇の右に広がる絶壁

フェアウェルディナーの会場

祭壇奥に日が沈む

9／28　花籠の中にダイジョーブタが♪

11／1　大阪講演、
バリのレースで作ったスカート

山形講演、
「イマ・ココ☆キラリ」の皆さま

11／15　名古屋朗読会

12／23　チキン下ごしらえ

11／19　部屋にツリーを飾る

12／27
破けたドレス

12／28　弁財天様、今年のシメ

12／8　ホホトモ クリスマスパーティー

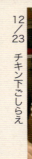

ってくれて、すぐに持って行ってくれた。お掃除の方やセキュリティの人、コンシェルジュの皆さまも、すべての対応が共通して素晴らしい。そして必要以上にこちらのプライベートに入ってこないところもいい。

そして今考えているのは、私のベランダから見えるあのスペースに、木を植えてもらえないかな、ということだ。私の部屋は2階なので、ベランダから外を見ると、1階に植わっている大きな木が緑豊かに目に入って、とても気持ちがいい。その木は等間隔に並んでいるのだけど、それがちょうど、私のベランダから隣の建物が見える部分だけ、ぽっかりと空いているのだ。

そこでマンションの住人（所有者）で成り立っている管理組合に話してみたらどうかな、と思い、コンシェルジュデスクのUさんに話してみたところ、以前に似たような申し出があったときには、「光が少なくなってしまうのは困る」という方もいらして実現しなかった、と教えてくれた。そうか……それじゃあ、別の方法を考えようと思っていたら、そのあとUさんから連絡があって、「ちょっと動いてみるので待っていてください」とのことだった。どうなるかな。

6月2日（月）

新刊『奇跡を起こす！3つの魔法』（ダイヤモンド社）が出た。お猿とスイカと紙ナプキンの表紙。

なにが書いてあるのか、表紙からじゃまったくわからないところがおかしい。

マンションのことでもうひとつ感心するのは、このセキュリティの高さ。

たとえば、エレベーターで自分の階にしか入れない、というのはよくあるけど、エレベーター内で誰ともすれ違わないような仕組みになっているので。

もともと20世帯弱に1台なので会う確率は低いのだけど、たとえば私が1階に降りようとして2階で待っているときに、私の上の階から人を乗せたエレベーターが降りてきたとしても、私の階には止まらずに、先に1階で人を降ろしてから私のところに来る仕組みになっている。なので、エレベーター内で他の人と出会うことはない。4階までしかないから待つこともほとんどないし。

　もし1階で人と出会っても、みんな譲り合って同じエレベーターには乗らないので、基本的にいつもひとりで移動。まあ芸能人も多いから、そういうところは本当によくできている。

　そうそう、あと謎なのは、私の部屋は2階の高さなのに、エレベーターのボタンはL1234とあり、2階とロビー階のあいだに1階が挟まっている表記になっていること。

　つまり、ロビーと同じ階に、1階にある居住スペースがあるわけだけれど、エレベーターはどうやって動くのかな。

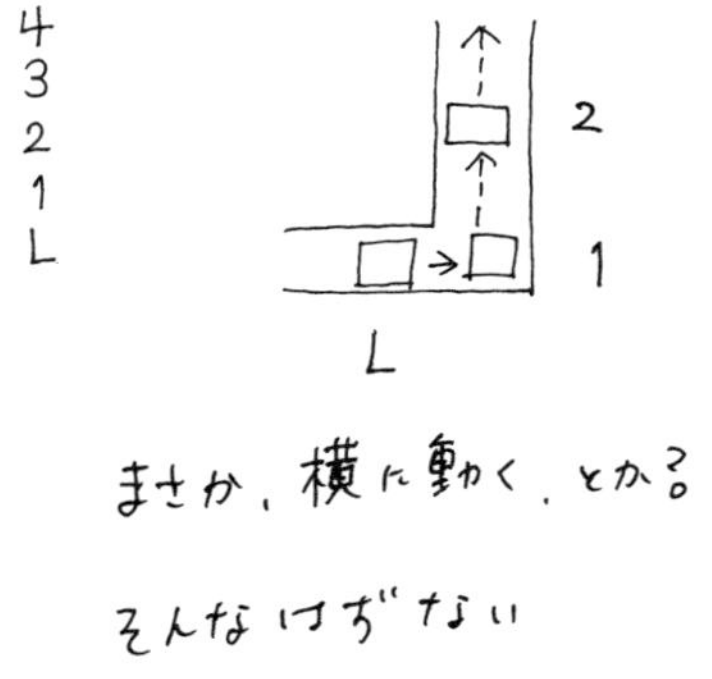
4
3
2
1
L
2
1
L
まさか、横に動く、とか？
そんなはずない

6月5日（木）

梅雨入りした。激しく雨が降っている。

家にいる幸せをかみしめる。

6月6日（金）

今日は晴れ。最近ずっと早起き。

朝ごはんは近くのカフェで。たっぷりバターとクリームのパンケーキ。

どんな環境であっても、そこに自分が関わっている限り、本気で変えたいと思ったら変えられないことはないな、と思う。

いろんな「無理！」が山積みの状態でも、自分ではどうにもならないと思えることでも、たくさんの人がそこに関わっているとしても、自分の気持ちを少しずつでも伝える努力、伝わるように工夫する努力、それを継続する努力……などを続けていけば、状況は必ず変わっていく。これまでと違うことをしているのだから、これまでと違うようになるのが当然。その小さな変化が、あるときコップいっぱいになってあふれ出す頃、状況はガラッと変わったりする。

ということをママさんと話しているうちに、ふと、仕事に対してすごくいいことが浮かんだ。どうしていつもママさんと話していると浮かぶのだろう。

6月13日（金）

最近張り切っているので、今日も5時半に起きて、いそいそと部屋を掃除。

それからまた近くのカフェへ朝ごはん。友達に電話してみたら、来た。クロワッサンとカフェオレとゆで卵を食べる。

「フェイスブック用に、写真を撮ってあげる」と言われて撮ってもらった後、ボウルいっぱいのカフェオレを勢いよくひっくり返した私……。


ベランダから見える、あのポッカリと空いた部分に木が植わることになった。

コンシェルジュデスクのUさんが、マンションの組合の理事長さんに話してくださった

プルプル
プルプル
それを言ったら
震えて張り切っていた

らしい。すごい!!　緑が増えることだから、それほど反対はなかったのだろうか。それとも、「たしかにここだけぽっかり空いている」と理事長さんが思ってくれたからだろうか。どちらにしても、大きなことは住人全体の採決で決まるはずなので、本当にありがたい!!

　Uさん、ありがとう。Uさんの、この（本当の意味で）相手の立場に立ったサービスには感心する。きっと私と同じように思っている人がこのマンション内にはたくさんいるだろう。ホントにうれしい。

6月14日（土）

今日、引っ越しで出てきたよけいな荷物を、ようやく全部実家に送った。大きなダンボール８箱。とてもスッキリして、奥の書斎やクローゼットの中を改めて整理する。

6月16日（月）

秋に出るブタの絵本に集中する日々。まだ、ラフの段階だけど。

ダイジョーブタの絵を描いているときって、不思議なほど、ブタが勝手に動いているのが見えてくる。私の前でしゃべったり動いたりしているブタを、どんなふうにページ展開させるか考えるのが私の仕事、という感じ。

　今夜は友人が遊びに来るので、いつもの床の水拭きに加えて、家具を拭いて、大きなクッションカバーなどの洗濯もした。

そういえば、数ヶ月前からすっかりオーガニックな生活になった私。シャンプー、リンス、日焼け止めやボディクリーム、歯磨き粉などを、天然素材で保存料が入っていないものに替えたのだ。あとできることは、この洗濯洗剤を替えること。

取り替えてみたら、そうしていなかったときがウソみたい。知らないうちにケミカルなものがあふれている現代、消費者が自分で自分の体に興味を持ち、いろいろなことを調べるしかない。

この作業、着々と健康にきれいになっていくような気がして、楽しい。デトックスだ。これも、掃除効果だと思う。部屋がきれいになったら、今度は体の大掃除。


夜、長年の友人、キキがやってきた。

数ヶ月ぶりに会ったキキは、なんというか、ものすごく成長していた。なにかを説明するときの表現が上手になっていて、私の納得感が上がった。

キ「まわりにいる仕事ができる男の人たちを見て、話し方を学んだの」

と言っていた。

6月17日（火）

今日、例の木が植わった。ちょうど部屋にいるときに植樹の人たちが作業をしている声が聞こえてきたので窓を開けたら、木を入れる穴の場所を決めているところだった。

「この辺りですか?」

帆「はい、もうちょっと右に」

「はいはい」

なんて感じで、ちょうどいいところに植えてくださった。Uさんといい、理事長さんといい、この木を植えてくださった方々といい、本当にこのマンションはいい人たちばかり。

このヒョロンとした木、これが隣と同じ木になるとは……。

大きくなってね

6月18日（水）

生きていると、小さなトラブルは常に起こるものだな、と思う。トラブル発生、と言えるほど大きくはなくても、あやしい流れを整理したり、やっかいになる前に調整したり、起きてしまったことの尻拭い的な雑用が起こったり、それの繰り返し。

日々鍛えられているなあ、と思う。

この日記って、毎年毎年大した変化もなく……と思って2年前の日記を読んでみたら、今とまったく違っていて大笑い。変化しまくり。

6月20日（金）

このあいだ外で食べたトマトとシラスのパスタが美味しかったので、作って友達に披露してみたら、美味しくなかった。不思議、数日前に作ったときはすごく美味しくできたのに。たぶん、今回は気合いが入って高級トマトを買ってきたからだと思う。トマトの味が強すぎて、シラスが負けちゃったのね。

6月27日（金）

急だけど、来年用のダイジョーブタのカレンダーを作ることになった。ということは、秋には発売になるので忙しくなりそう。

6月28日（土）

女子プロと、その他2名とゴルフ。たまにプロとまわるのは勉強になる。彼女に言われたアドバイスで一番響いたのは、「帆帆子さん、この傘、重すぎです」だった。たしかに、持っているだけで腕が疲れちゃう。
午後から、雨ザンザン降りで、ハーフで終了。

最近、また「食べすぎ星人」になっている気がする。食欲、止まらず。好きな時間に好きなものを好きなだけ食べている。でも、体も自分の意識が反応してできていると思うので、「私はこんなに食べているのに太らないっ♪」と思うようにしている。もう、洗脳、ただの思いこみ。

7月1日（火）

今日からカレンダーの絵を描く。まずは、もう思いついている7月か8月から描こうっと。海とヤシの木とハンモック、そこに揺られて本を読んでいる私とダイジョーブタの絵。
夢中で描いていたらあっという間に夕方。

日記やフェイスブックって、自分と親しい人であればあるほど、名前や顔は載せられなくなるような気がする。世間的に名前が通っている人でも（書いても問題ない人でも）、それほど親しくない人は名前は載せるけど、逆にすごく親しいとプライベートが見えるので「友人」という書き方になったりする。

よく、自分の友達（大人数）の写真をフェイスブックでどんどん載せている人がいるけど、実はそれを嫌がっている人もいるということをわかっていないと思う。カメラを向けられたら写るしかないけど、「私はフェイスブックには載りたくない」という人だって普通にたくさんいるものだ。

7月3日（木）

昔、私の本を担当してくれていた編集のキョンさんがうちに遊びに来る。

彼女の子育ての話を聞く。占いで、「あなたは子供との縁が薄い」と言われて気にしていたので、私は猛反撃（その占いに）。

占い（統計学）は、それをどんな表現で相手に伝えるかという「伝える人」の解釈と言葉選びによって変わる。「子供との縁が薄い」ということが悪い意味とも限らない。たとえば、学生の頃から親元を離れて生活するようになったりなど、ずっと親元にいるより離れた環境にいたほうが、その子にとって良い流れとなったりする。縁が薄い＝離れていってしまう＝悲しい、のではなく、そのほうがいいからそうなっているのだ。そして、「縁が薄い＝離れる」という考えも簡単すぎる。

また、仮に「縁が薄い」ということが本当だとしても、一緒にいる別の人（たとえば他の家族）が持っている星などの関係で、その特徴が出ない人もいる。とにかく、一部だけを見て「縁が薄い」なんてことを簡単に言うべきものではない。

だって、一般的には「自分の子供と縁が薄い」と言われて喜ぶ人はいないんだから、そういう気持ちを考えるべきだ。統計学的な机上の占いをちょっと勉強したくらいで、人の人生に影響を与えるようなアドバイスをするのって、本当におこがましいと思う。

もうこういうものは卒業していいと思うけどなあ。

「こうするといいですよ」というプラスのコツや方法なら歓迎だ。でも「あなたはこういう星の下に生まれているんです」なんて、だからなに？　という感じ。

「ものすごく気が晴れました〜」と言っていた。

7月5日（土）

バリの本の表紙が、だんだんイメージに近づいてきた。あともう少し。

電子書籍も、あともう少し。中身は完成して、写真のレイアウトも終わり、配信国のURLだとか、諸々の契約だとか、進んでいる。

今びっくりしたんだけど、乾燥剤の「シリカゲル」ってすごいね。

きのう開けたお菓子2袋のうち、片方だけに乾燥剤のシリカゲルを入れたら、入れなかったほうの袋はたった一日でフニャンとしていた。すごい。
シリカゲル……まず、この名前が、普通じゃない。

今日の夜は、久しぶりの「つながる会」のメンバーで食事。
今週は毎晩会食。

7月8日（火）

「それを読むと（観ると）、仕事をする気になる」というモノってある。私の場合は、そのときによって好きな恋愛小説だったり、好きな映画だったりするけど、それを読んで（観て）いると、急に仕事の波が戻ってくる。数分で戻ってくることもあったり。

それは人によって違うから、自分にとってのスイッチを用意しておくといいよね……というようなことを、このあいだの携帯サイトのメッセージに書いた。

そう言えば携帯サイト、ずいぶん前から「スマホ化を希望します」という問い合わせがよくきているそうだけど、どうなるかな。

よっこらしょ、と朝ごはんの支度。毎晩会食なので、朝は野菜ジュースにする。それと、美味しい小ぶりのトマト。

さて今日の会食は、クラウドファンディングはじめ、私の活動を応援してくださっているM会長と、電子書籍企画の担当者と。

絶対に失敗しない美味しいイタリアン、ということで、西麻布の「キャンティ」にした。ちょっと古いけど、やっぱり美味しいから。

M会長のいいなと思うところは、奥様との関係がとても自然に仲がいいところ。お互いに仲間のような、友達のような関係がうかがえる。コツは「なんでもよく話すこと」と言っていた。普段から、「これ、どう思う？」となんでも相談すること。

これ、大事よね〜。特に日本のカップルは。

でも昔からこうだったわけではなく、あるとき奥さまから手紙をもらったらしい。詳しくは忘れちゃったけど、「話してくれないと、会社でどんなことがあってどんな気持ちで帰ってきているのかわからない！」というような内容だったかな。とにかく、それからなんでも話すようにしたんだって。

これも、あるよね～。話さなければ、伝わらない。話さなくてもわかってくれるなんて、傲慢《ごうまん》。

もし、今は放っておいて欲しいと思ったら、「今、ちょっと話したくないから、ひとりにしてくれる?」という説明が必要。だって一緒に住んでいるんだから。それをなにも説明せずに、「むっつりしていたら状況を察して放っておいてくれ」なんていうのは傲慢だと思う。

M「ボクね、彼女（奥様）の買い物もよく一緒に行くから、女性のブランドの洋服はだいたい金額がわかるようになった」

帆「じゃあ、これはどうですか?」（私のワンピースを指す）

M「う～ん……」

帆「やっぱり言わなくていいです（笑）」

M「なんで?」

帆「当たっても、外れても、嫌だから（笑）」

7月12日（土）

食事の後に、お菓子をひとつ食べるのがやめられない。ひとつというか、ひと袋。

ポテチ一袋とか、あんず一袋とか、アーモンドチョコ一袋とか……なんでもいいんだけど、一袋……それが全部なくなるまでやめられないのが困る。明日から絶対にやめたい。どうすればいいんだろう……。どうしても途中でやめられない。

うちにお菓子は「持たず、作らず、持ちこませず」だ。

今日は、クラウドファンディングの高額支援者の皆さまと、お茶とディナー。お茶は、グランドハイアットの「オークドア」の個室。

日本全国からいらしてくださった皆さまと、ゆっくりお茶をした。

知っている人もいる。前回お目にかかったときから、それぞれに状況が進んでいるようで、その経緯と報告の内容がとても良かった。

まとめて聞くと、私にたくさんの奇跡が一度に起こったみたいで幸せな気持ち。たぶんその瞬間、本当にこの人たちのエネルギーによって私も上がっているのだと思う。あのとき、私がなにをアドバイスしたかはもう忘れたけど、良かったなと思う。

ディナーは六本木ヒルズクラブで。

こちらの部はほとんどが男性、全員経営者。

このために上海からいらしてくださった、という方もいらした。はじめ、まさかこのために来日してくれているとは思わなかったので、「今日は、お仕事で日本へ？」なんて聞いちゃった（笑）。

その中のひとりは、昔、ありとあらゆるスピリチュアル系のことを勉強して、その手のセミナーみたいなものにも出て、それでも答えが見つからなくて、

「でも浅見さんの本で助けられました」

と言っていた。

一番面白かったのは、「ふるえる話」。

自分の思ったように自由に、ブルブルブルブル体を震わせるんだって。それがすっごく気持ちいいんだって。そうして揺れているうちに、いつも動かさない部分が自然に動くようになって、体が調整されるんだって。

続けていると、「今日はいつもと揺れ方が違うな」というような違いもわかるようになる、らしい。

帆「……わかるようになると、どうなるんですか？」

「自分の体が、今必要な動きを自然に始めるんです。するとコリや歪《ゆが》みがなくなっていくんです」

帆「へ～、それをするのは、ひとりのときでいいんですよね……」

「もちろんです。人とやりたいですか？（笑）。毎朝、やっていると癖になりますよ？」

なるだろうか……。

7月13日（日）

きのうは楽しかったな。

今頃、みんな、ブルブルやっているのかな。

電子書籍英語版『あなたは絶対！運がいい』（『Yes! You Can Be Absolutely Lucky!』）の配信が始まった。日本のアマゾンからはダウンロードできないけど、英語圏の人に本のタイトルを聞かれたら、これからはこれを伝えればいい。便利になった。

カレンダーの巻末につけようと思っていたおまけ、「塗り絵」と「着せ替え人形」がいいかもしれない。切り取って、端っこの出っ張りを折って人形に着せる着せ替え人形。昔あった、あれ。

7月18日（金）

小学館の編集者さんから連絡があり、ある写真家の写真に言葉をつけませんか、という依頼をいただく。その写真家は西澤律子さんといって、昨年ご本人から私のところに送っていただいた写真集『What a wonderful world!』の写真を撮っている人だった。

この写真集、好きで、本棚に並べてたまに見ていたもの。これが送られてきたとき、この西澤律子さんという方が、教職員を辞めてカナダに留学されたときに私の本が励みになったことや、写真家として独立するまでのくだりが手紙に書いてあった。

そして今年、西澤さんが小学館から写真集を出すことになったとき、「ここに言葉があるといい」ということになり、小学館の編集者さんが私を推薦してくださったらしい。その編集者さんは、西澤さんが私に手紙を書いていたことはもちろん知らず、私自身もこの編集者さんとは面識がなかった。

いろんなご縁が重なるこういう出会いって、すごいよね〜、面白いよね〜。楽しみ。


午後は3件、仕事の打ち合わせ。

帰ってから、カレンダーの原画の続き。

一発で「よし！」と仕上がる絵と、10枚以上描いている絵と、ある。

7月19日（土）
あの「植えてもらった木」が、どんどん伸びている。
「来年にはかなり大きくなりますよ」
とコンシェルジュデスクのUさんに言われて、「そう？　そんなに早く？」と思っていたけど、すでに予兆あり！　今日も平和。

このあいだの会食で、ある年配の女性が、同席していた人の状況を勝手に想像して、「早くこうしたほうがいいわよ！　そうじゃないと〜〜になっちゃうから！」と意見を言っていた。

言われている側は私と同世代で、私たちとその女性は初対面。相手の状況は一部しかわからないのに、しかも、その子はアドバイスなんて求めていないのに、すごいなあと黙って見つめる。

たぶん、言われた彼女はその状況をそんなふうには捉えていないと思うし、「〜〜になっちゃったら大変よ」という状況にも、彼女はならないと思う。たとえそうなったとしても、あなたと彼女では受け止め方が違うだろうから、彼女はちっとも困らないと思うなあと思いながら見ていた。

7月21日（月）

ひたすら仕事の一日。夕方、差し入れを持って友達が遊びに来てくれた。

友「『アナと雪の女王』さぁ、あれに行列するほど人気があるって、わからないよね」

帆「ほんとほんと」

友「でも、あの歌はいいよね」

帆「うん、特にあのシーン、指先から光が出て、それでお城が建って、『なんでも自由に世界を創れるわ〜♪』っていう感じ、気持ちいいよね」

友「あの歌詞は、精神を解放する歌だよね。ありのままの自分でいい、自分の力がどこまであるかはわからないけれど、自由にそのまま生きていけばいい、って」

帆「この曲、特に日本で大ヒットしてるんでしょ？　わかるよね。ありのままの自分でいけばいいんだって、そういうふうに生きていいんだ、って憧れながらしていない人が日本にはたくさんいるからじゃない？」

友「そうか〜、でも私たちのまわり、みんなそういう生き方してるよね。だからこの映画の話題が出ないんじゃない？」

だって。たしかに。

7月22日（火）

今日も一日中、絵を描いていた。ＫＡＤＯＫＡＷＡのブタの絵本も、見えてきた。

今年は、絵を描く本が多い。

とっても久しぶりの人からメールがあった。ニューヨーク在住のＣさん。英語版電子書籍のことで。

このあいだ見た『昼顔』というドラマ、面白い。これからも見ようっと。

7月23日（水）

宇宙に行く夢を見た。

エレベーターのようなところに男の人（知っている人なんだけど誰だっけ？）と一緒に乗ると、そのままゴーッと上？　に登り、真っ暗な宇宙空間に出る。私は、前にもそのエレベーターで宇宙船に乗ったことがあるらしく、「ああ、またここに乗ってしまったけど、とにかく宇宙空間に出ることができて良かった、途中で停まっちゃったらどうしていいかわからないもの」とか思っている。

次に、空き地のゴミ捨て場のようなところに着く。外に出ると、一見そこは元の世界と同じなんだけど、一緒にいた男性が「あそこまではこのままの体で出られるけど、そこから先は違うから」と言っていなくなってしまう。

その空き地に宇宙人のようなものがたくさんいて、こっちに入ってくる。すごく怖いのだけど、変に反応しなければなにもしてこないことを知っている……そして、「ああ、これがパラレルワールドかぁ」と思って納得している夢。

フ～っと起き、まず掃除。

きのう梅雨明けしたそうで、外は夏の香り。

仕事のことを考えるとうれしい。まずは、美味しいお茶を淹れよう。

7月24日（木）

明日締め切りの本とカレンダーの絵に追われていて、寝不足。

時間との戦いだ。ハッとすると、すぐに1時間経っている。

それでも夕食は食べるので、気分転換に友達と近くのイタリアンへ。

かなりリフレッシュした。さて、続き。

7月25日（金）

きのうは夜の3時までやって、そこから仮眠。

今朝は朝7時から再開して、お昼の11時半に終わった！　うれしい！　うれしすぎる!!

買い物へ行って食材を補給して、「東横のれん街」で美味しいお菓子を買う。

夏を満喫したい。

7月26日（土）

今日は家族が遊びに来た。引っ越ししてから、全員がうちで揃うのははじめて。みんな、まだ荷物がゴタゴタのときにチョロッと顔を出しては帰っていく、という感じだったので。

このマンションのいいところとか、不思議なところとか、植えてもらった木の話とか、興奮して話したんだけど、「それ、聞いたよ〜」とか、「〜〜で、こうだったんだよね」とか先に言われたりした。そうか、もう話してたか。

最近のうちの家族は、それぞれがそれぞれの方向に楽しく進んでいる。

家族の形って変わるよね〜、というか、変わらなければ無理があるよね。子供が自立してからは、特にそう。

たとえば祖父母が亡くなったことで、祖父母を中心に集まっていた親戚の形は変わったし（変わっていいし）、そこにあるスピリットは変わらないけど、永遠に同じ形というのはない。我が家も、この数年で特に両親の生活スタイルが変わり、それぞれが謳歌《おうか》していて、いいと思う。

久しぶりに写真を撮ったら、「フェイスブックに出ちゃうかもしれないから」とパパさんはヒョッと帽子で顔を隠してた。

7月27日（日）

今日は新月。気分よく、ダラダラと過ごす。

私、今後、本以外でやりたい仕事があるのだけど、まだいまいち煮え切らない。煮え切るまで待とうと思う。

きのうフェイスブックに更新した帽子をかぶった父の写真が、まさかの「いいね！」1000件超え。夜、もう一度見たら、1400件を超えていて、過去最高かも……なぜ？（笑）

私は、フェイスブックにはできるだけ家族などの身内は出さないようにしていて（ママさんは一緒にいる頻度が高いのでポロポロと出てしまってるけど……）、だからかな。

7月28日（月）

今日から友達5人と清里へ行く。このメンバーでの旅行は、昨年の福島講演以来。

お昼は、「キュイエット」という畑の真ん中に建つ一軒家フレンチで。よく混んでいる。

このメンバーでは、食べ物の神様がついているKちゃんが、いつも食事の場所を決める。

個室に落ち着いて一息ついたとたん、今日も飛んでいるSさんがいきなり、

「私！　今日、ようやくヌーブラにしてみたんですよ！」

と言い出した。その瞬間、みんなの目がSさんの胸に集中する。そして、その「ようや

く」にあたる話を誰も知らないので、一同おし黙る。

グラマーで魅力的なSさんは、今日の洋服を着ると、胸の切り替えが胸の下ではなく真ん中あたりまで上がってしまうので、「この洋服はヌーブラにしたらいいかも！」と思ったそうだけど……逆じゃないかな？　その場合は、普通の下着で上にあげたほうがいいんじゃないの？　と誰もが思っただろう……また全員が沈黙したのだけど、食べ物の神様がついているKちゃんが、

「そんなことよりね、このあいだ食べた肉まんのことなんだけどね」

とか言い出して、話はあっという間に次へ……。

どうでもいい話から深～い話まで幅広く、みんなポジティブで、マイペース。今回も、清里の「フィールドバレエ」（野外バレエ）を観ることが目的だったのに、メンバーのひとりは「ジーッとなにかを鑑賞すること」が苦手らしく、「私は別荘で待ってる♪」とか言って、結局観にこなかった。このマイペースっぷりがいいのだ。


ランチの後、ひまわり畑に行く。すっごい！　ひまわりだらけ。誰でもメルヘンチックに撮れる場所。隣の畑でバジルも摘んだ。身長の2倍以上もある巨大ひまわりと写真を撮る。

別荘で荷物を降ろしてから、車で10分くらいの「フィールドバレエ」の会場へ向かう。

会場は思っていたより大きく、地元の人たちにとって毎年の一大イベントであることを知

った。25年前から毎年開かれているらしい。

早目に会場についたので、お土産もの屋さんなどをのぞく。ガラスや陶器など、これといって欲しいものナシ。

S席は、他となにが違うのかと思ったら、普通席はパイプ椅子なのだけどS席はゆったりとした広い椅子だった。

場所も中央のよいところで、そこから前は地面に座る席なので、前を遮《さえぎ》るものはない。暗くなると寒いので、フリースを着て、分厚い毛布をかける。

始まった……暗闇から白く躍り出てくる白鳥たち。背景の木々のシルエットが本物の舞台装置になって、緑の香りもするし、風も吹いてくる……これはいいね〜。とてもいい。月まで出て、幻想的。まるで本物の湖畔にいるみたいだ。第二幕の王宮のシーンでは、花火から始まって、屋外だからこその演出だった。

ダンサーだけではなく、監督、演出、振付など、それぞれの役割を担っている皆さまの名前が会場にもアナウンスで紹介されるなど、劇場とはまた違う「行き届いた感」があった。欧米では、毎週末にバレエや音楽会を気楽に楽しめる場があるものだけど、日本もこういう場が増えたらいいなあと思う。25年前にこれを始めた人たちに拍手！　だな。

面白かったのは、最後、すべてが終わったときに、白鳥たちが写真用に全員並んでポーズをとってくれたところ。

すごい数のフラッシュで舞台が白く浮かびあがっていた。

さて、終わって、友達の別荘に帰る。見にこなかったひとり（笑）が、シチューを作ってくれていた。

「いたれりつくせりだね」

「親みたい」

「ママ、ただいまぁ」

と、楽しく食べる。

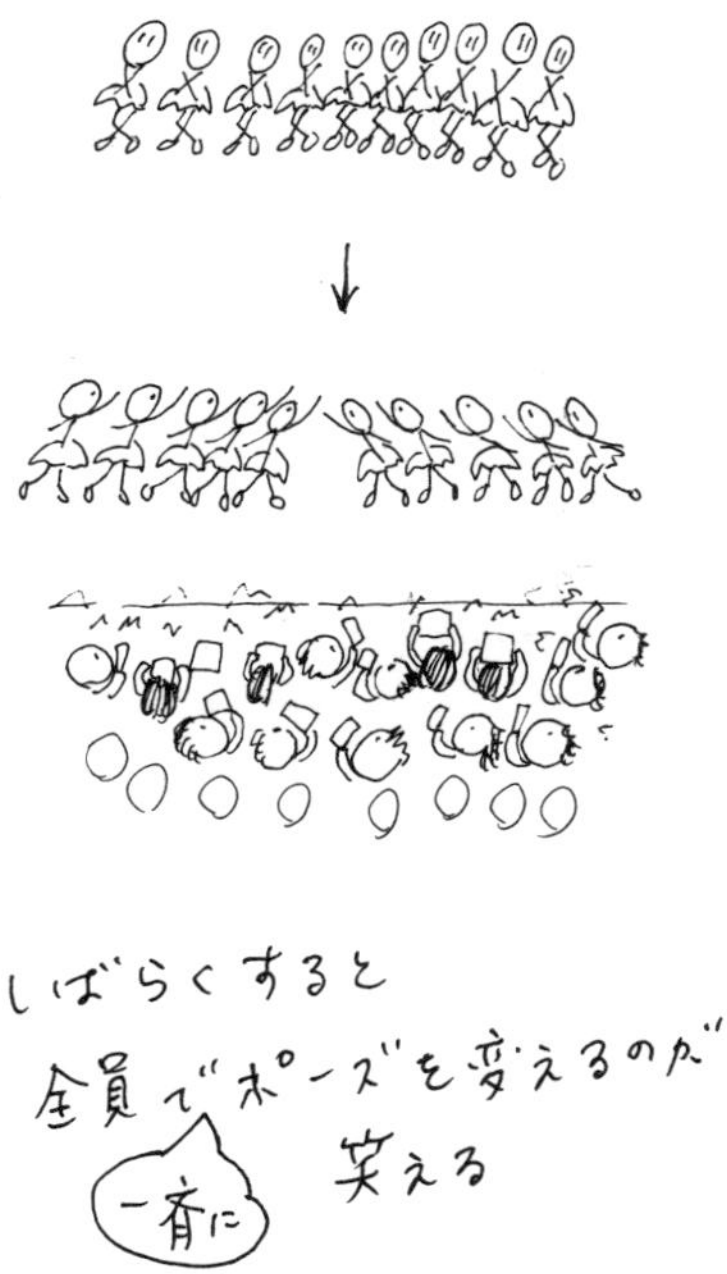
しばらくすると
全員でポーズを変えるのが
一斉に
笑える

8月2日（土）

映画『GODZILLA ゴジラ』を観に行く。渋谷の映画館は、またものすごい人。ものすごい暑さ。

ササッと入り、３Ｄ用のメガネをかける。

ゴジラって、実は人間の味方なんだね。元祖の『ゴジラ』を観たことがなかったから知らなかったけど、あれは、海中で原子力実験を続けた結果、クジラが変異してこんな（ゴジラ）になっちゃったという……原子力開発を牽制する意味があった、ということを一緒に観に行った人から聞いた。

３Ｄなので、ゴジラも、敵の空飛ぶ怪獣も、どっちも怖かった。

ゴジラが、敵の怪獣の口をこじ開けて、その中にゴーっと火を吹くところが笑えた。最後に「勝ちました！」みたいにガッツポーズをしながら吠えるところも（笑）。

8月3日（日）

暑いなあ。本当に暑い。梅雨明け前は寝室の窓を薄く開けて寝ていたのだけど、梅雨が明けてから風がまったく入ってこなくなった。

このあいだ、ある経営者に聞いて感動したので、私も毎月1日と15日は、神社にお参りに行こうと思う。近くの神社の中で、私の目的に沿うところに行こう。

なんだか最近、予定表に追い立てられるように過ごしている感じがする。来年（2015年）の手帳制作が終盤に入っているので、よけいそう感じるのかも。

「なんかこう……、決まっている仕事だけをこなしているような、新しいことに進んでいる感がないいんだよね」

と友達に言ったら、

「ええ～!?　帆帆ちゃんはいつもどんどん新しいことに進んでいる感じがあるよ!?」

と言うので、人からの見え方はいろいろだな、と思う。

ないいね、進んでいる感、今はまったくない！　楽しみなことも特にない。もちろん、秋のバリ旅行や次の本の執筆など、ひとつひとつは楽しいけど、私は一体どこに向かっていっているんだろう、なにをしたいんだろう、って感じで、新しいことに進んでいる感はゼロ。

そうだ、秋に出す日記のタイトルは、これにしようかな。「どこに向かうの？　なにをしたいの？」みたいな。日記は、その前の年のことが出るから、今の気持ちでタイトルをつけたら中味と一年ずれるのだけど……まあ、ゲラを読んでからにしよう。

今、夜だけど、さっき書いた「進んでいる感がない」ということについて、ついこのあいだ「やりたいことが煮え切るまで待とう」と書いたばかりだった。

そうだ、いいんだ。今はこれで。

私、なにか新しいことに進んでいる感覚がないとダメみたい。そういうタイプなんだと思う。未来のことばかりで、日々の小さな楽しみもないとダメなんだけど、バランスよね。

8月5日（火）

この2日間は河口湖に行ってきた。

きのうはバーベキュー。知人の新しい別荘が（ほぼ）完成したので、その庭で。久しぶりに北原照久さんにお会いしたけれど、奥さま含め、相変わらず本当にいい人だなと思う。テレビの話になったら、「月末にあるＴＶＫの生放送に出てよ！」と言われた。その日に出る予定だった人が、急な予定でどうしても出られないことになったらしく、それがさっきわかったところらしい。北原さんとなら、喜んで！　楽しみ。

夜は、このあいだのＭ会長ご夫妻の別荘に泊まらせていただいた。

私の友達も一緒。夜中まで、コーヒーだけで語り合う。

「普通のラインから右にふれている率が高いほど、左にふれる率も高い」という話が興味深かった。たとえば「異常に優しい」とか、「(良い意味で)よくそこまで～できる」という場合、それは同時に、それの持つ反対側の要素も内包している、ということ。

たとえば「天才と○○は紙一重」ということもそう。人を驚かすような、これまでになかったような奇抜なアイディアを思いつけるということは、同時に日常でも、それと同じくらい奇抜な行動をしているだろう。

または、たとえばドメスティックバイオレンスをする人は、普段、そこからは想像もつかないほど、ものすごく優しい人が多いという。これも、「そこまで異常に優しい」ということがすでにおかしいわけだ。そんなふうにはまったく見えませんでした、ではなく、日常生活にすでに表れている。それが反対側にふれたときの要素も必ず持っているということ。

たしかにね。ひとつに秀でているということは、その反対側もあり、どちらもその人の自然な姿なのだろう。ここを理解していると、「あんな人だとは思わなかった」ということは減るよね。それはまわりの勝手な思いこみであり、都合のいいところだけを見ている結果だと思うから。どっちもその人だから。

そして翌日の今日はゴルフだった。河口湖カントリー。後半は、ホールごとに組み合わせを変えるチーム戦にしたので、楽しかった。

終わって、かき氷を食べた。

ゴルフ場にあるうちわをお土産にいただく。藍《あい》染めの花火模様。

8月6日（水）

起きたときに、すごく体が軽い気がした。体重計に乗ってみると、この数年なかったほど体重が減っている。きのうのゴルフかな。


午後、主婦と生活社の取材を受ける。『すてきな奥さん』という名前だった雑誌が生まれ変わって『CHANTO』という雑誌になったらしい。

取材内容は、「これまでに自分が言われて励みになった言葉」について。

私が励みになった言葉は「起こることはすべてベスト」と「今日も守られている」と「みんな違って、みんないい」だな。最後の言葉は金子みすゞさんの詩だけど、前半ふたつは私の言葉だ（笑）。

よく思うんだけど、人から言われる言葉と同じように、自分が自分に向かって言っている言葉も大事だと思う。というか、そのほうが大事だ。知らないうちにネガティブな言葉を自分に浴びせていることもあるし。言霊《ことだま》の力は大きいよね。

人から言われてうれしい言葉は、自分で自分に言ってあげなくちゃ。

夜、友達から電話「久しぶりに会う同級生の結婚式の二次会に行ったら、他の同級生たちが自分と目を合わせてくれなくて居心地が悪かった」という話を聞いた。

クスクス。

久しぶりに会ったら、普通「久しぶり〜♪　今なにしてるの?」とか言うよね。それなのに、変に今のその人の状況を無視したり、興味がないかのようにふるまったり、牽制したりするのって、その人自身が今の自分に満足していなかったり、幸せではなかったりするんだと思う。

今の私たち（37才）くらいの年齢というのは微妙なときで、これまでの成果や変化が生活に表れ始めているから、相手が自分より輝いて見えたりすると、それだけで妬ましく思う人たちもいるんだろう。もったいないよね。

本当の意味で成功（心豊かに人生を謳歌）している人たちには、そういう部分が少ない。というか、若いときにはあったとしても、だんだんとそれを卒業していく。まわりの人の幸せは自分の幸せだし、すごく充実して幸せに過ごしている人が近くにいるということは、同じエネルギーの中に自分もいるということだからだ。

それから、会っても過去の話ばかりしている人。同級生が集まれば、もちろん昔の話になることは多いと思うけど、それももう、はじめだけでいいよね。今の話、未来の話をしようよ、とか思う。

最近、「人」というものについて考えることが多い。

8月10日（日）

今日は東京湾花火大会で、みんなで楽しもうと最高の眺めのホテルの部屋を予約したのに、朝の10時の判断で雨天中止となった「エ〜!?」とブーたれる。

ホテルの窓から下をのぞいたら、東京湾の淵に、レインコートを着こんだ外国人の家族が座りこんで場所取り？　をしているようだったので、「中止になったこと、あの人たちにも誰か教えてあげて〜」と思いながら見ていた。「あ、今、携帯電話見てるから、中止に気付いたかもよ?」なんて言っていたら、ホントに急に立ち上がって、そそくさと帰っていった。中止になったからには「雨よ、もっと降れ〜!!」なんて思っていたら、夕方頃から晴れて、5時の時点では夕焼けなんて出てる。ブーブー。午前10時で中止と決めるって早すぎるでしょ！　と思ったけど、遠方から来る人たちのことを思えば仕方ない。

後ろから撮ったら、
みんな「まったくもお！」と
手を腰にあてていた（笑）

気持ちを切り替えて、下のレストランに食事に行く。

来年から、東京湾花火大会はなくなるかもしれないということを聞いた。大会実行の管轄は中央区なのに、お客さんが集まるのは湾岸の港区だから、その収支のバランスも原因のひとつだという。

ああ、そういう世界の理由ね。続けて欲しいな。

8月12日（火）

しばらく寝かせていたＫＡＤＯＫＡＷＡの本、すっかり復活して、それからはスイスイ進んで、今、色校調整のところ。この作業って、一度でピピッとうまくいかないから、いつももどかしい。

お茶の時間に読者の皆さまからの手紙を読む。

ご自身で描いたとても素敵な絵を同封してくださった方がいたので、フェイスブックに載せようと思う。

開いたとたん、ホッコリした。

8月15日（金）

今日も晴れ。終戦の日。

当時の写真や原爆のいろいろをテレビで見ていて、今日も平和であることにつくづく感謝する。空から突然爆弾が降ってくる生活って……と思いながら歩いていてふと顔をあげたら、ミッドタウンの広場に巨大ゴジラがいた。けっこう、本気で驚いた。

空は青く、雲は白い。

8月19日（火）

今回のＫＡＤＯＫＡＷＡの本は、私たちの後ろにいつもいる目に見えない存在、いつもそ

ばにいて守ってくれているもの、について書いたんだけど、大丈夫だったかな。

絵本とか、想像の世界っていいよね。「これは物語です」として、いつも本当のことを書けるから。


ベランダから、シャラシャラシャラシャラ〜ンと風鈴の音が聞こえた。

ハワイで買った貝の風鈴。私、やっぱり本当にハワイが好きだから、将来はハワイと日本に拠点を置こうかな。なんだ……私が小さい頃に、パパさんがしていたのと同じか（笑）。

夢はグングン膨らむ。私は夏に活動的になる。

寝っ転がって
いろいろ想像すると
ムクッ
「もうだいたいやった」
という気分になる

そして、夏の夜もいいよねえ。このモワンとした空気感も、時間がどこまでも続いているような感覚も。「ハワイの夜みたいだね」と話しながら、デート。
散歩しつつ、これまたハワイのようなオープンテラスのダイニングで食事。
途中、ジム帰りの弟がやって来た。「とても店内に入れる格好じゃないから」ということで、入り口で会って用事をすます。いい夜だ。

8月20日（水）

今日も晴れ。さっきまでママさんが来ていて、帰りがけに、
マ「あ、植木に水をあげる約束したんだったわね」
帆「え？　してないよ!?」
マ「植木としたのよ」
と水をあげていた。

私の英語版電子書籍を、「クラウドファンディングを利用した出版」ということで、日経新聞がとりあげてくださったらしい。

8月21日（木）

今日、小学校からの同級生（男子）に久しぶりに会って、お互い、成長したなあ、としみ

じみ感じた。彼は、お父さまの仕事を継ぐ前にいろいろなことがあったけど（当時は知らなかった）、さすが、それを経て本当に立派に成長していて驚いた。

それから、これも同級生で、小中学生のときは勉強のできない落ちこぼれ君としてうちの学校にはいられなくなった男子が、今とてもたくましく自由に自分の道を謳歌している話を聞いた。

いいね〜！　きっとあのときは、その子にとっての「成長するとき」だったんだね。

その人にとって「成長するとき」がやってくるタイミングは違う。花開く時期が人それぞれ違うように。

「成長するとき」が小さなときにきて、社会の決めた学校の制度に適合しないと、「落ちこぼれ」みたいな印象を持たれがちだけど、それも意味があるから、別に失敗でもなんでもないよね〜。

そしてそう思えた人が、それがあったおかげでいろいろなことを感じて、今魅力的な人になっている。小さなときの場合は、それをどう見るかという親の捉え方が重要。それもまたひとつの道、と捉えられる親の子は人生がすごく楽だろう。

いい仲間がひとり増えたな、という感じ。

コラーゲン鍋、というのを食べた。火にかけたとたん、コラーゲンのかたまりがドロッと溶けていた。

8月26日（火）

カンボジアで地雷処理活動をしている高山良二さんが日本に帰ってきているので羽田空港で会った。

「一度タサエン村を見にきてくださいよ〜」と言われる。

まだ、食指が動かず……。

夕方、いくつか出版社の編集長さんに会う。

それぞれの会社のカラーが出ているようで、とても勉強になった。

8月27日（水）

今日は北原さんが誘ってくださったテレビの生出演。ＴＶＫの「ありがとッ」という番組だ。とてもアットホームで穏やかな情報番組だった。２時間、とても楽しく話した。いつ口を挟んでいいか、ちょっと難しかったけれど、あれは慣れだよね。

北原さんと言えば、北原さんプロデュースのラーメン「昭和醤油らーめん」が絶品で、自宅で簡単に作れる生麺ラーメンの中で一番じゃないかと思う。油を半分にしても十分にこってりとしているけど、たまに食べたくなるので冷凍庫に常備している。

8月28日（木）

車が新しくなった。正確には、身内の車を（今のところ）期限なしでお借りする、という形。これまで乗っていた私の車は、もう10年近く乗っていて、私の前に父が乗っていたのでさすがに古くなっていた。

でも私はこのスポーツカーの形が大好きだったので、走れば何年でも乗っていたかったのだけど、ついにエンジンの調子が悪くなって、父に反対されたのだ。エンジンに問題がありそうな車に乗るなんて言語道断、ということで。

でも……今乗りたい車がないんだよね、だからずっと取り替えなかったんだけど……と思っていたら、ちょうど親戚が軽井沢で使っていた車で、置きっぱなしにしているとバッテリーもあがっちゃうから、ということでしばらく借りることになったのだ。

スポーツカー、特別注文のチョコブラウン色。すっごくかわいいし個性的だけど……ちょっと個性的過ぎるような……とか思いながら乗ってみたらしっくりきて、とってもうれしい。

T叔父さま、ありがとうございます。

大事にかわいがります。

なにかのドラマにあった、「これからの人生の中で、今日が一番若いよ!?」というセリフにハッとした。

8月30日（土）

朝、どこからともなく笛の音が聞こえてきた。たて笛のような、「和」の旋律。

9月1日（月）

1日なので、車でブーンと神社に行ってきた。

前に来たとき（1日）にもこの神社で会った人がいた。運転手つきの車で来ている人も多い。やはり、やっている人はやっているね、と思う。

この個性的な車……目立つ。通りがかりのおじさんに、見られてる。

きのうなんて、この車種が好きなんだろうなあというおじさんに話しかけられそうになったので、慌てて立ち去った。

さて今は、「毎日、ふと思う⑬」の原稿をチェックする作業をしている。こうやって読むと、去年は本当に神社によく行った……行きすぎ（笑）。なんだったんだろうと思うほど、人にもよく誘われた。日記のタイトルに、「ザ・神社」とか、つけたくなる。


世の中のデング熱の報道……騒ぎすぎじゃないかな。

「デング熱の患者は、去年も一昨年もあったはずだよね。命に関わるものでもないし、新しい病気でもないしね」

と友達と話す。

デング熱の蚊が発生したらしい公園で、防護服を着て防虫剤を撒いている人たちの姿は異様。このほうがよっぽど自然を破壊していると思うし、ものすごい違和感。キャスターも、「今、そのあたりは蚊が飛んでいる感じなんですか？」というわけのわからないことを聞いていた。

こういう報道を見るたびに、世の中に流れている情報を鵜《う》呑みにせず、自分の頭で考えて取捨選択していかなければ、と強く思う。

同時に、小さなニュースを大々的に放送するときには、大衆の意識をそっちにひきつけたいなにかが裏にあるんだろうな、と思う。

9月4日（木）

今月から9、10、11月と３ヶ月続けて新刊が出るのだけど、なかなか大変。いろいろなスケジュールが少しずつ押している。

今月は２０１５年の手帳、10月はじめにはカレンダーの発売、ファンクラブの新規入会もあるし、AMIRIのキャンペーンもあるし、来月はバリ。

先のことを考えると焦るので、「今目の前のここだけ」に集中して進めよう。

9月6日（土）

今日は、第1回目の「ホホトモサロン」だった。

これは、私が「いいと思うもの、感動したもの、今感じていること」などを読者の皆さまにシェアするために作ったサロン。少人数だからこそシェアできるものって、ある。本になるまでの時差もないし。

初回は、私の母の話と、「クラシック・フォー・ジャパン」の演奏。

ママさんの話は、とにかくリクエストが多かったので。

面白かった。感心したのは、ママさんの話が予定していた1時間ぴったりに終わったこと。慣れているわけでもないのに、よくもあんなふうに淀みなく話し続けられるものだと思う。

会場から事前に寄せられた質問への答えも、なるほどね～、と思わせられた。普段、私と話していることに、年の功が加わった広がりのある回答だな、と思う。

唯一気になったのが、ハンドマイクの使い方だ。

はじめのうちはマイクを持つ位置が低すぎて（お腹あたりで持っているから）、私は心の中で「もっと上、もっと上」と思い続けていた。そのうち、手の動きと合わせてマイクがブンブンふられるようになり、最後のQ＆Aでは、質問が書いてある紙を持つ手に合わせて、マイクの先は会場に向けられていた。

はじめは
おへその
あたりに

最後は完全に会場の声を
ひろってた…

後半のクラシック・フォー・ジャパンの演奏も素敵だった。

生演奏をすぐそこで聴く、という喜び。

はじめの曲は『愛の喜び』……この馴染みのある曲は、私が気分よく歩いているときにいつも頭の中を流れている曲だ。最後の曲も、私が昔大好きだった讃美歌。

音楽というのは本当にすごい。

この讃美歌の冒頭の部分が流れただけで、私の心は当時、これを歌っていた小学生の自分に戻っていた。

9月7日（日）

今日は一日なにも予定がなくて、とってもうれしい。

ママさんが遊びに来たので、きのうのホホトモサロンの感想を読みふける。

マ「この日のために痩せようと思ったのに、この日に向けて太っちゃったわ」

と何度も言っているのがすごくおかしい。

帆「それねえ、弟の結婚式のときにも言ってたよ？」

マ「そうなのよ～（笑）、あのとき、〇〇ちゃん（弟の奥さん）のお母さんも同じこと言っててね～、そんなことまで気が合うわ～とか思ったものよ～」

とか、言ってた。


友達に、今後やりたいことを話していたらすっごく気持ちが上がった。

冷えた白ワインを飲みながら。

「帆帆ちゃんって、こういう話、好きだよね～」と言われるけど、ホントにそう。未来の計画の話。

どんなことでも、実際にそこに進んでみるといろいろな雑用があったり、思ってもいなかったことが起きたりするけど、はじめのこのワクワクした感じは何度味わってもいい、というか、この楽しさがないと始まらない。

9月8日（月）

一日仕事。ダメ、終わらない。

明日の友達との食事をリスケしてもらう。

9月9日（火）

一日仕事。

途中、野菜を煮込む。コトコト……。

9月11日（木）

9割方終わった。

近くに美味しいものを食べに行く。

小料理屋さんで、この数ヶ月ですっかり好きになったお店。ただいま、という感じ。

この数ヶ月「誘われたものにもすべて出かける」をやってみて、「本当に居心地のいい人と一緒にいる重要性」を感じた。逆から言えば、「モヤっとする人と一緒にいるときの影響」も感じた。モヤっとする人と一緒の時間を過ごすとき、サラッと流せばほとんどは問題ないけど、やはりその回数が増えれば、そこに引っ張られていく。

少数精鋭で、お互いのエネルギーが交換されて、未来に対して明るい豊かな気持ちになれる人とだけ、いたい。本当に必要な人は放っておいても出逢うから、いつも自分の状態を良くしておいて、それと自然と引き合う人と交流を深めたい。

大人になることって、自分の好きなことと苦手なことをきちんと理解することだと思う。

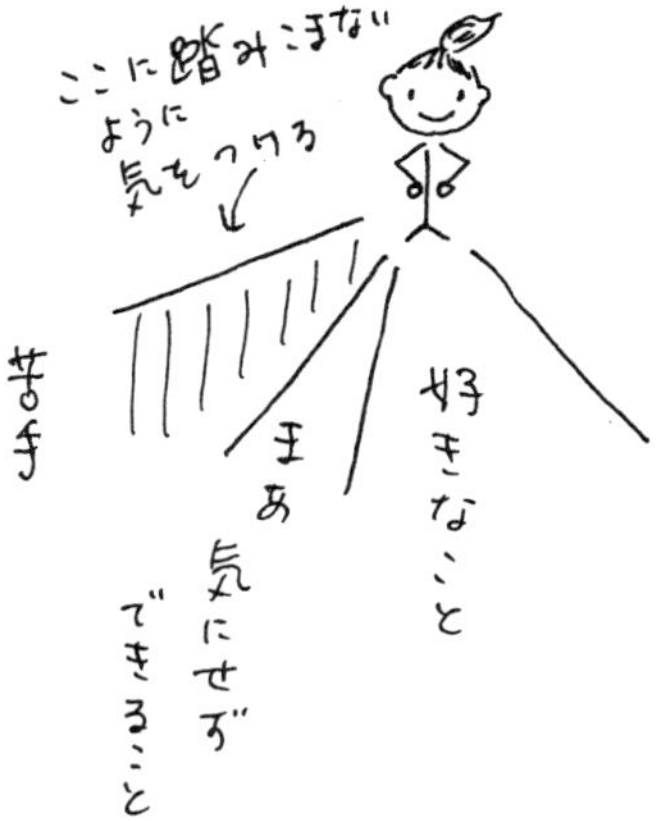

9月12日（金）

手帳の完成品を印刷会社のSさんが届けてくださった。

仕事が丁寧で、本当に細やかな気配りのあるSさんと和やかに話す。

裏表紙のデザインを見て、「これ、よく手描きで描きましたよね～」としみじみ言われた。

それをパソコン上で絵に起こしてくれる人がいてくれるからこそ、こうして形になっている。

9月13日（土）

今日は、友達Nっちのクルーザーに乗りに行く。

朝、一緒に行くYちゃんを迎えに行った。Yちゃんと一緒に遊ぶのははじめて。さっぱりしていて、男前なYちゃん。行きの車の中で、恋愛の話をする。ますますさっぱり感全開、こういう人、好き。


Nっちのクルーザーは、素敵な外観だった。内装はこげ茶と紺、ちょっとイギリスを思わせる。先に来ていた人と一緒に、まずは4人で海に出る。

風が心地いい。シャンパン、白い雲、青い空。クルーザーに乗るの、久しぶり。

だいたいまわって、運転もして、みんな十分に楽しんで、早々に戻る。

帆「え？　これで後はもう外に出ないの？」

N「そう、後は港につけて美味しいもの食べよう」

笑った。

食事は、Nっちの友人が準備をしてくれた。男性で、ここまで料理が好きな人を久々に見た。準備の途中でちょっとキッチンをのぞいたら、自分が盛りつけた料理を慎重に写真に撮っていた。

自宅で下ごしらえをしてきたアペタイザーがどっさり並んだ。お酒もたっぷり。

どれもこれも美味しいものばかり。

港につけていても微妙に揺れるから、十分海に出ている感じだ。

そこで、思わぬ出会いがあった。

遅れてやってきた女性（Kさん）が、Yちゃんと顔見知りで、お互いに、「また会いたいなあ（でも連絡先がわからないまま別れちゃったなあ）」という関係だったらしく、大喜びの再会、そしてその後、私たち3人は異常に盛り上がってしまった。どうしてあんなにおかしかったんだろう、という……。私たち3人の飛ばしっぷりは誰にも止められず、コントができると思った。


この新しい友達も一緒に3人で帰る。

帰りもなんだかものすごくおかしくて、今日の港の名前「浦賀港」にまつわる話だけでもゲラゲラと笑えた。あまりに実のない話なので、もう思い出せず。

9月14日（日）

人って本当に、気持ちが上がったり下がったりするものだと思う。

きのうの楽しさはどこへやら、今日は気持ちが落ちている。原因は、わからず。でもまあ数日経つと、いつも「あれ？　いつのまにか復活してる」となってるから、流そうっと。

やっぱり、あまりに忙しくなりすぎると、気持ちに余裕がなくなってすべてがワサワサしてくると思う。放っておいても素晴らしいことが浮かんでくるあの「いい状態」にはなりにくい。

9月15日（月）

バリの本が出た。『浄化の島、バリ　神々の島、バリでつながる』。

4月にバリに行ったときと比べると、今の私は同じ自分とは思えないほど違う。あのとき迷っていたことも今ではもう答えが出て次に進んでいるし（通り過ぎると、なんであのとき迷ったんだろうと思うほど簡単だった）、新しい家での新しい暮らしも始まってる。

こう思うと、どんなことも時期がくれば答えが出るので心配いらない。そして、人は日々変化している。きのうまでのことは、もう過去。記憶にとどめたいことだけを残して、あとはきれいさっぱりリセットだ。

アナウンサーの友人に会った。

昨年、雑誌の取材を受けて以来、ふたりきりで会うのははじめて。

数週間前に突然、「そう言えば、どうしてるかなあ」と思い出し、名刺を整理しているときに彼女の名刺が飛び出してきて、あと1回そういうことがあったら連絡してみようと思っていたところに、数日前、テレビをつけたら思わぬバラエティ番組に彼女が出ていたので連絡したのだ。

彼女は、この1年、いろいろなことを考え、ひとつ答えが出てスッキリと次のステージに入った、という状態らしい。そして私のほうも、今日彼女に会った意味はこれを聞くためだったな、と感じることがあって、とても良かった。

これも、私が最近それを考えていたから引き寄せられてきたことだ。ひとつのことについて考えていると、それについてのさまざまな意見がやってくる。

9月17日（水）

午前中、ニッポン放送（ラジオ）の「渡邉美樹　5年後の夢を語ろう！」の収録。

渡邉さん、前とちょっと変わったな。お昼は、隣のペニンシュラで。

急いで仕事部屋に戻り、打ち合わせ。そしてAMIRIの仕事で受け取りに行かなくてはならない用事があったのだけど、これは間に合わずに延期。

夜は、編集者さんと食事。

友達がプロデュースしているお寿司屋さんに行った。今日行くと行ったら、わざわざ会いに来てくれて、うれしい。会うのは3年ぶりくらいかな。人付き合いがマメではない私に、変わらずマメに連絡をしてくれる数少ない男友達。相変わらず、童顔でかわいく、無邪気。汗っかきのところも変わりない。

「帆帆ちゃんはマメじゃないんですけど、もう慣れてるし、それをわかった上でいろんなお誘いを送ってるから、断られても大丈夫なんです」

なんて、編集者さんに言っていた（笑）。

とってもいいお店だった。本物の江戸前寿司が出てくる。本物の江戸前寿司は卵焼きが違うそうで、たしかに普通のお寿司屋さんとは違うものが出てきたのだけど、どういう調理過程で他と違うかは、忘れちゃった。卵焼き、こはだ、皮がパリパリのアナゴが特に美味しかった。ここは、また来たい。

9月18日（木）

10月に出る新刊の表紙、ふたつの候補で迷っている。背景が白のものと黄色のもの。

そこで、私は宇宙にオーダーを出した。

「白い表紙と黄色い表紙、どちらがみんなにとって良い表紙となるか、私にわかりやすく教えてください！」

その結果、さっそく翌日に答えがきた。デパートの買い物でレジに並んでいたら、いきなり後ろから声が聞こえたのだ。

「黄色がいいよっ!!」

急いで振り向くと、そこは子供たちが遊んで待っているキッズコーナーだった。そこに転がっているカラフルで大きな積み木、その中の黄色のブロックを持った男の子が「黄色がいいよっ!!」と叫んだのだった。

これを聞いて心が決まり、急いで編集者さんに電話。

夜は、親戚の食事会。銀座のお店に集合。「キャメル」という名前で音楽活動をしている公介君と久しぶりにゆっくり話す。相変わらず背が高く、カッコいい。
そして今日のお店も通好みの美味しいところだった。「アピシウス」から独立した人のお店なんだって、なるほど……。

9月23日（火）

きのう、突然ピクニックに行くことになったので、今朝は早起きしてお弁当を作る。卵焼きと唐揚げ、アスパラのベーコン巻、お肉の佃煮、野菜の煮しめなど。それからブドウや梨、クッキーやマドレーヌなど。

友人4人で遠出をして、大きな広場がある公園の日陰に陣取り、お弁当を広げる。目の前はずっと遠くまで広がる芝生。その向こうには海まで見える。

お腹がいっぱいになって、ウトウトする。

しばらくして、近くにいた家族のお父さんと子供がキャッチボールを始めた。

このお父さんが小学校低学年くらいの息子に言っている言葉が気になった。一生懸命投げている子供に、「おまえは下手くそだからできないんだ」という意味のない言葉を投げつけ(それも何度も)、子供は「下手くそじゃない〜」と泣きながらボールを返している。

「下手くそ」という言葉自体が聞き慣れない音で、心がゾワゾワ。

「あれはないよね」と友達もボソっと……。

それを黙って見ているお母さんにも疑問。でも、そこでなにか言うとケンカになるから黙っているとか、前例があるんだろうなあ……う〜ん、ボク、頑張れ!! きっとこんなふうに、これからも見知らぬ応援者はいるから。知らないところで見ている人は必ずいる。

気をとり直して私たちもキャッチボール。ずっとやっていたいくらい楽しかった。


東京に戻ってから、馴染みのバーで冷えた白ワインを飲む。

9月26日（金）
新刊の出版が続くので、バイク便が飛び交っている。できあがった原稿をひとつフロントにあずけて、ネイルサロンへ。驚くほど気持ちの良い秋晴れ。

このあいだ、「夜、眠れなくて困る」という人の話を聞いた。とにかく眠れなくて、そのまま朝になってしまうこともあり、たぶん不眠症だという。それで昼間に眠くなってしまうかというと、そうでもないらしい。

それならば、寝ようとしなくてもいいよね。私なんて、眠くて眠くてお昼寝してもまだ眠くて仕事ができないときがあるくらいなので、ずっと眠くならないとしたら、もっといろんなことができる。夜は眠らなくちゃいけない、と思うから苦しくなるんじゃないかな。

よく思うのだけど、「これはこうしなければいけない」ということのほとんどは思いこみだと思う。もっと自分が楽になるように考えていいと思う。

その中で、「これは絶対にこうしたい」という自分のこだわりや好みだけは守って、それ以外は自分が楽になるほうに考えていけばいいと思う。

9月28日（日）

この週末は山形講演だった。

山形の女性チーム「イマ・ココ☆キラリ」という団体が主催した講演会。その記念すべき第1回の講演会に呼んでいただけて、とてもうれしい。

皆さま、とても生き生きしていて、こちらが勇気をもらうほどだった。純粋で素朴で真摯なエネルギーは本当に気持ちがいい。このネーミングもいいよね。今ここがすべて、今ここを輝かせて生きる女性たちの集まり。

会場でひらかれていた地元のものを使った「マルシェ」もすごくよかった。自然栽培の野菜のポタージュなど、本当に美味しかった。

とっても充実した気持ち、イマ・ココ☆キラリの皆さま、ありがとう！

10月1日（水）

たまに、すごく炭水化物を摂取したくなるときってある。今日がそれ。

ブドウがたっぷり入った厚切りのブドウパンを朝ごはんに3枚食べ、お昼過ぎにいただきもののお赤飯をふたり分食べ、おやつにまたクロワッサンを食べて、夜はお寿司だった。

今日から東京ビッグサイトでやっている国際福祉機器展に、介護ユニフォームの「浅見帆帆子ライン」が出ている。

10月5日（日）

今日は、友人のご主人さまの出版記念と歯学部病院の副院長になられたお祝いで、記念講演とパーティーがある。

専門用語で「嚥下《えんげ》」といわれる、ものを飲みこむ動作から、口の中だけではなく体全体の健康につながる研究をされているU先生。とても話が面白く、いろいろメモした。唾液をたくさん出すことがどれくらい健康にとって重要かということもよくわかった。

そして、医学の進歩によって寿命が伸びたとしても、ただ息を引きとる時間が遠のくだけでは意味がなく「どう生きるか」が重要。「感性豊かに、快適で豊かな時間を重ねていくことができれば、たとえ病気や障害があってもその人は健康だと思います」というくだりは、とても良かった。

奥様（私の友人）「つまり、ワクワクしてればいいってことよっ！」

と友人があっさりまとめていたけれど……まあそういうことだ（笑）。

ここから思い出したことだけど、医学や科学でさんざん長い研究をした成果が、「え？そんなこと、とっくに知っているし、やっているけど」ということってよくある。でも世間では、その「○○で証明された」がないと信用しない人も多い。自分の判断で決められない人たちって、これからの時代は大変だろう、と思う。たくさんの情報があふれているこの時代に、「○○で証明された」というような「たしかだったはずのもの」が、数年後にひっくり返ることもよくある。自分が良いと思うものを自分の判断で選んでいかなくちゃ。そうすれば、いつも判断基準は自分の感覚なので、外の価値観が変わっても困ることはない。


終わって、みんなで会食。

お祝いのスピーチを頼まれていたので、それが終わるまではドキドキ。

「○○大学歯学部付属病院副院長」という肩書を間違いなく言えて、ホッとする。気持ちの伝わる、とてもいい会だった。

10月7日（火）

このあいだファンクラブ「ホホトモ」の会員の方が結婚されたそうで、その披露宴に私の友人が参加していたそうなんだけど、披露宴会場の席次表に「ホホトモ席」というのがあったらしい。普通は「新婦友人」という説明になるだろうところに「ホホトモ」……クスクス。なんだか、うれしい。

彼女が2年前にはじめてホホトモのハワイツアーに参加したときは、まだ今のご主人にも出会っていなかったし、付き合っている人もいなかったし、その手の相談に乗ったことを覚えている。でも数年後にこうして披露宴をあげていることを思うと、物事はちゃんと流れていくなあと思う。

カレンダーの打ち上げで、世界文化社の編集者さんと食事。

10月10日（金）

今、空港のラウンジ。明日締め切りの共同通信の原稿を書いているところ。この数日は、また本当にバタバタとしていた。出発前にやらなければならないことを一気に片付けたという感じ。搭乗の時間なので、原稿の続きは機内でやる。

バリ島に着きました。半年ぶりにケントさんに会えて、すごくうれしい^^

空港でケントさんやサプターさんを見つけたときは、飛びあがっちゃった。

明日は、バリテレビとバリ新聞の取材。どうなるんだろう……。

10月11日（土）

朝起きたら、プールの向こうに素晴らしい山あいの絶景が広がっていた。緑が濃く、鳥の声がいっぱい。

午前中、バリテレビとバリ新聞の取材を受ける。

インタビュアーの人が英語があまり話せない人だったので、質問はケントさんにインドネシア語で伝えてもらい、それをケントさんが私に伝え、それに私が英語で答えることにした。インタビュアーの姿は写らず、質問はテロップで流れるそうなので、これが一番スムーズ。

バリって、海も山もある「リゾート地」という印象が強いけれど、それだけではないということをもっと日本人に知ってもらいたい。この島にある神様のエネルギーや、日本人がもともと持っている「モノや人のすべてに感謝をして、なによりも調和を大事にする」という心の満足度の高い暮らしをバリ人がしていることなどを、日本人にもっと知ってもらいたい。はじめはどことなくかまえていたカメラマンの人たちも、最後には打ち解けて、いい撮影になったと思う。

シャワーを浴びて、バリの伝統衣装に着替える。前回バリに来たときに、この日のために調達した衣装、上はインディゴブルーの総レース、下は濃いピンクのバティック。腰には、私が日本で愛用している濃いピンクのタイシルクのリボンを巻く。

現地の人から見たら、「外国人が一生懸命民族衣装を着ているけれど、どうもどこかがトンチンカン」という姿になっていると思うけれど、まあ、いいのだ。京都で、外国人が組み合わせのトンチンカンな着物を着て喜んでいる感じだ。

すっかりテンションが上がって空港に到着。

日本各地から来る皆さまが乗っている飛行機3便を、2時間以上かけて待つ。

大阪からの一便が遅れたけど、みんな優しいので、バスの中でお話などして待ってくれていた様子。全員そろって、同じバスに乗り、ウェルカムディナーの会場へ。

まだぎこちないし、名前も全部覚えられていないけれど、明日からのいろいろに期待♪

10月12日（日）

今日も晴れ。気持ちの良い緑。

朝食は、私は部屋で食べている。目玉焼きとベーコン、トースト、デニッシュ、コーヒーに紅茶、フルーツがたっぷり。

今日の予定は、まず、パサール・アグン寺院だ。

皆さん、元気そう。ツアー初日はだいたいそうなのだけど、まだ、バスの中は静か。バスから降りて、みんなで参拝用の腰布（バティックカイン　パンジャン）を巻く。30人弱の人たちがカラフルな腰布を巻いた姿は、花が咲いたみたい。

4月に登った369段の階段を登って、てっぺんにたどり着いてみると、おまつりの準備が始まっていた。前回来たときの、霧につつまれた風景とは大違い。

前回お世話になったマンクー（僧侶）に、『浄化の島、バリ』の本を渡し、再会を喜び合う。このツアーで、最初の正式参拝だ。

みんなで列になって正座で座り、祈祷とともに膝前に置かれたお供え物の花を頭の上にかかげる。ひとつの祈りが終わるとその花を地面に撒いて、残りは髪に差し、次の花をかかげて祈り……を繰り返す。そして聖水を頭に受けて3回口に含み、4回目で頭にかけ、最後にお米を3粒食べて、おでこと首元に貼りつけた。

晴れていて本当に良かった。向こうに立派なアグン山も見えるし、下の眺めも素晴らしい。天気ひとつも、うまくできているなあと思う。4月に本の取材で来たときは、霧がかかってぼんやりしていたからこそ、すごく幻想的な写真が撮れた……。

今回のツアーの中に、ひとり、いろんなものが見えたり聞こえたりする能力者（Xさん）がいて、パサール・アグン寺院の帰りの階段で、「ここは、亡くなった人のことを思い出すといい場所みたい」ということを教えてくれた。

それはみなさんには伝えていないのに、後で「最近亡くなった○○のことを思い出して涙がたくさん出た」「去年亡くなったおばあさんのことが浮かんで、感謝の気持ちを伝えてスッキリした♪」というような感想を伝えてくる人がたくさんいて驚いた。祈祷のときに私の隣に座っていた人などは、途中からかなりグスグスと泣いていらしたのだけど、ツアーに来る直前に大好きな犬が亡くなって、軽いペットロスになっていたらしい。その思いが解消されて、とてもスッキリしたという。

やっぱり、その寺院にご縁のある人は、自然とその場所の意味にふさわしいことを思うようになるんだね。

すでに時間がおしているそうなので、大急ぎでお昼を食べてブサキ寺院へ。

ブサキ寺院は、ガイドブックにもよくとりあげられている観光名所なので、人がたくさんいる。

ここでも正式参拝を受ける。ここのマンクーは、ロックミュージシャンのような風貌だった。（いい意味で）くだけた顔つきにロン毛、真っ黒のサングラス（笑）。

何本もの糸をより合わせた紐《ひも》を、全員、手首に巻いてもらう。糸の数だけ、「たくさんの神様」を表し、平安を祈る日本のお守りのようなものらしい。

それにしてもすごい日差し。日本から日傘を持ってくるのを忘れたので、きのうウブドの町でレースの日傘を買ったのだけど、これがまったく日をさえぎらない代物で……なにしろ、総レースなので、顔が隠れる部分は中央のほんの少しだけ。もちろんUVカットなどなされていないし、もしかしたら、顔にかかるレースの影の模様のまま焼けるんじゃないだろうか……。

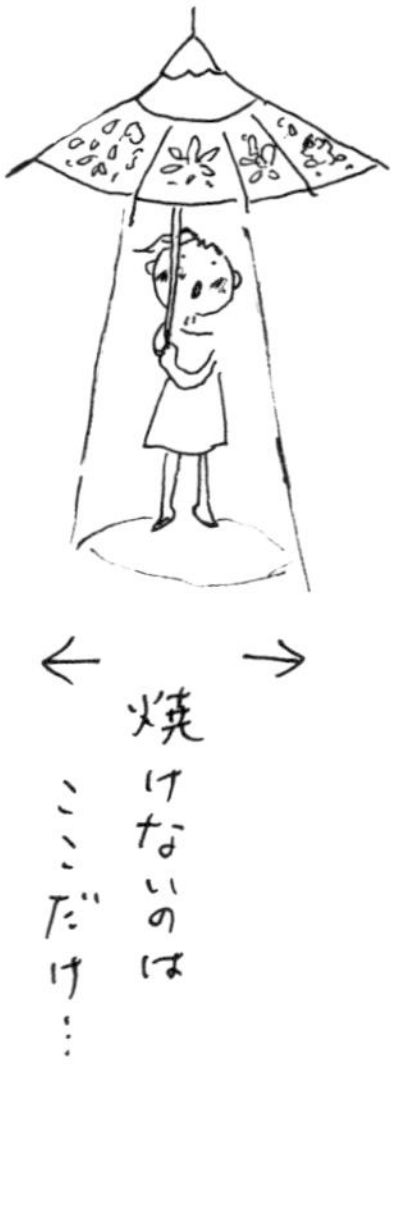

祈祷が終わり、全員で奥の敷地へ階段を登ってみる。

なぜなら、さっきの能力者Xさんが、ブサキ寺院に入ったときから「こっちこっち」と呼ばれているらしいから。

登った先も、広い石畳が広がっていて、右側に「サラスヴァティー」という大きな神様の石像があった。日本では弁財天として知られている神様の元祖。なんとXさんは、今年に入ってから、日本で弁財天をお祀りしている神社だけをめぐっていたそうで、その神様に引き寄せられたといえる。Xさんは、サラスヴァティーの神様が伝えてくれたこのツアー全体の意味を私たちに話してくれた。

実は私も今年のはじめに厳島神社に参拝し（そこに弁財天様がお祀りされているとは知らず）、その数ヶ月後にバリ島の本の仕事が入り、そのときの感動でこのツアーが決まった。同時期にXさんは弁財天めぐりを始め、バリツアーのお知らせがあったときに、この動きの集大成と思ってすぐに申しこんだらしい。

きっと、それぞれの人に、このツアーに参加する意味のある流れがあったのだろうと思うと、本当に不思議。

またしても、時間がおし気味。私たちだけのために特別のケチャックダンスを手配してあるのだけど、1時間以上遅れているようで、……大丈夫だろうか。

↓大丈夫だった

でも、こういう心配はしなくていいことがわかった。

日本の場合は、遅れたらもう入れない、とか、キャンセル料は？　とかすぐに思ってしまうけれど、バリの人たちにとっての時間の感覚は全然違う。遅れることにもそれはそれで意味があるとみんなが捉えているので、怒られたりキャンセルにされるようなことは少ない。もちろん、その時間の感覚がマイナスになる場合もあるけど（特に仕事の場合は）、時間に追われている日本の日常の感覚を反省させられる瞬間だ。

このケチャックはすごかった。

村全体がひとつのケチャックに参加する形をとっており、村の入り口には松明《たいまつ》を持った子供たちが左右に並び、私たちは無言で寺院の隣の空き地に案内された。見ている人は、村人と私たちだけ。

円形の会場にみんなが座ると、始まりの合図などはなにもなく、突然、奥の入り口から独特の掛け声とともに男性たちが出てきて、ケチャックが始まった。

出たぁ、この感覚！　圧倒される生々しさ。

中には子供もいて、高音の掛け声がよく響いてる。

これは本当に観光客用ではない、神様に奉納するために舞われている本来のケチャックだ、ということを感じる。

大人たちはトランス状態に入り、火の球を蹴り合ったり、火を手で消したり……それが本当にすぐそこで繰り広げられているので怖いくらい。リアルな生き物の本来の姿、を感じさせる。

ストーリーの展開で、２人のダンサー（ひとりは動物の役？）が攻撃し合う場面になったときなど、お互いに「アチョチョチョチョ！」とチョップをしたり、それに「イタタタタ！」と答えたりしていて……、ああこれはもう動物と人間スレスレと思い、笑いが止まらなくなった。

ひとり、子供のダンサーから目が離せなくなった。子供特有の高音でまわりの掛け声に合わせ、その合間に隣の子供とじゃれ合ったり、走りまわったりしているのに、全体の動きに溶けこんでいる。この子にとってケチャックは日常の一部で、常にこういう祈りのエネルギーの中で生活しているんだろう、ということがわかる。普段やっていることを、ちょっと人前で見せている、という感じだ。その姿がもう野生のお猿さんそのもので、会場を「キキキキキ、ッチャッチャッチャッチャ」と飛びまわる様子など、本当に猿の化身かと思った。

最後のほうで、観客の私たちからひとりが選ばれて、その輪の真ん中に連れて行かれた。選ばれたのは最前列中央に座っていたK子さん。

「イタタタ…」というのは
万国共通なんだな、
と冷静に思う

普通、そんな場所に引っ張り出されたら恥ずかしさとどうしようもなさで棒立ちになりそうなもんだけど、K子さんはまわりのダンサーに合わせて体を揺らし始めるので驚いた、笑った。だって、アチョチョチョチョチョチョチョとやり合うシーンにも「エイエイエイエイ」とかって応戦してたもんね。

「ちょっと、あれ見て！」と一同、涙を流して笑う。

そして、一番最後に、最前列の人たちにダンサーたちがちょっとしたお花をプレゼントしてくれた。端っこから順番に「花、花、花、花」と渡していき、能力者のXさんをひとり飛ばして、隣の人に花を渡す。あれ？　彼女には……？　と思っていたら、サッと後ろにさがってバナナを渡してた（爆笑）。

「さすが、Xさんがとにかく食べ物が好きっていうこと、ちゃんと見抜いているんだね」とXさんの友達のYさんが言う。

「花が余ってるのに、わざわざひとり飛ばしてバナナ、だもんね～」

さらに笑えたのは、全体の終わり方。

ダンスは50分程度で終わり、ダンサーたちは、始まりのときと同様、あの掛け声とともに奥の入り口に帰っていった……そのわずか数秒後、そのダンサーたちが入り口から普通に出てきて、「さあ、帰ろうぜ！」と見に来ていた家族とともに帰り始めたのだった。

何事もなかったかのように出てきて、特に終わりの挨拶もなく、そばに置いてあったTシヤツをかぶって、家族と一緒に帰っていく……そこには、「このダンスが特別なものでもなんでもなく、日常の延長にある普通のこと」という感覚がただよっていた。「見せてあげている」という上から目線ももちろんなければ、「踊らせていただきます」という必要以上の謙遜もなく、ただ日常の雑事を同じような自然な感覚でこなし、さあ、帰ってお茶でも飲もうという感覚。ここに一番感動した。

そして笑った。さすがに、他のダンサーたちが帰った一番最後に代表のダンサーから私たちへの挨拶があったけれど、それも形式ばっていない友達同士の会話のようで、とても素朴な「さようなら」の挨拶だった。

ああ、いいもの見た。観光用ではないケチャックを頑張って探して本当に良かった。

その村で夕食をいただき、ホテルに戻る。

10月13日（月）

今朝もさわやかな太陽の光。鳥の声と緑の輝き。

朝食の前にプールで泳ぐ。


きのうのケチャックで、最後に前に引っ張り出されたK子さんについて面白い話を聞いた。

実はブサキ寺院で、Xさんがサラスヴァティーからの言葉を受け取ったとき、同時に近くにあった踊り子の石像からもメッセージがあったそうで、それは全員にではなく、K子さんだけに伝えられたという。K子さんには守護神としてシヴァ神がついているらしい。

K子さんは、昔からバリの衣装が好きで、日本でもバティックを巻くような格好をしている時期があったり、舞踊とか公演などを見るのも大好きだという。

すごいよね……踊り子の神様がついている人が、ちゃんとケチャックで選ばれて前に出ることになるんだもの。それを無意識に選んでいるダンサーたちのエネルギーにも感心するし、というか、そもそもそこに選ばれるということも、偶然のようで縁のある人が選ばれるようになっているということだ。

さらに言えば、最前列の真ん中というのは、普通でいくと私が座らされる可能性が高かった場所だった。このツアーの代表ということで、正式参拝のときなどもなんとなくそこに座らされていたし……でもあのときは、なぜか後ろのほうに座っていて、K子さんが選ばれたときも、「良かったぁ、私、あそこに座っていなくて……」なんて思ったくらいだったもの。席順というのも、偶然はないんだねえ。


さて、今日も盛りだくさん。

はじめにスバトゥの沐浴場に行く。

ここは、前回私が本当に気に入った場所のひとつで、今回、この場所で沐浴をするのを楽しみにしてくださっている参加者がたくさんいらした。

全員で泉の淵に座り、マンクーから正式な祈祷を受ける。

薄眼を開けると、この様子を泉の向こう側から写真におさめている白人の一行がいた。恐らく、彼らにとっては私たちも観光客であるとは見えず、アジア人だからバリ人とたいして変わらないように映っていると思う。

希望者のみ、泉に入る。端っこから順番に水の噴き出し口まで歩いて進み、頭から水をかけ（任意で）、祈り、次の噴き出し口に進む。

泉に入る石段がヌルヌルして滑るので、私は皆さんを順番に支えてゆっくりと誘導……というそのとき、突然「キャア〜〜〜!!」という雄叫びとともにドッボーンという音が響き……入らない予定だったNさんが泉に落ちた！

まわり、大慌て！　頭からずぶ濡れのNさんをタオルで囲み、ケントさんが近くの露店へ着替えの服を調達しに走り、スタッフが一緒にバスに戻った。

実はその大騒ぎの裏で、私もちょうどそのときに手をつかんでいた人が滑りそうになり、あとちょっとのところで私も引っ張られて一緒に落ちたかもしれない……というところをなんとか腕力で引き寄せる、というヒヤリの一瞬を地味に体験していた。


Nさん……落ちた直後はずぶ濡れだし、着替えもないので大変な思いをしたと思うけれど、後になってNさんが言ったことは、「ここまで激しく飛びこんだことで、枠が外れました」だった（笑）。

現場を見ていた人の話では、普通、ただ滑っただけなら足から落ちるから下半身が濡れる程度のはずなのに、Nさんはまるでピョンと飛んだかのように泉に落ち、頭の先まで水中に沈んだという。

その様子は、まるで泉の中からなにかに引っ張られたかのようだったらしい。

「大胆な沐浴ですね～」

と、Nさんが落ちたシーンを再現して何度もみんなで笑った。Nさん、人気者へ!!

さらにおかしかったのは、Nさんが水面から顔が上がってきた瞬間、最初に発した言葉が
「カメラ、カメラ、カメラ～!!」

だったこと（笑）。荷物もろとも沈んだからね。

「これも、わかるよね～（笑）」

「これまで撮った大事な写真が全部ダメになっちゃったら、と思うとね～（笑）」

と、爆笑ながらも妙に納得（結局、カメラは無事だった）。

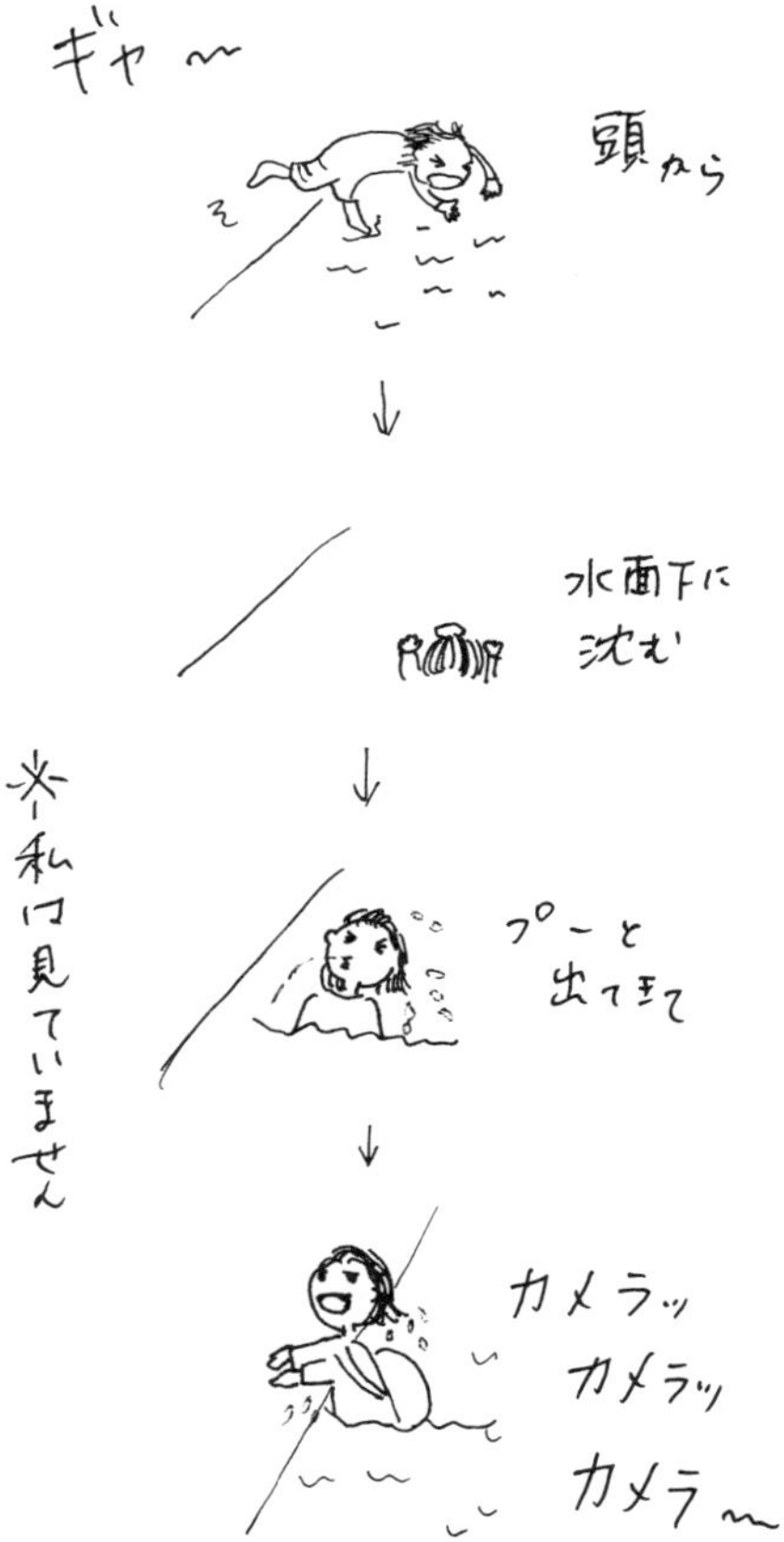

Nさんのおかげで、バスの中は割れるほどの大爆笑になりながら、次の目的地のキンタマーニ地方へ向かう。

次は今回の目玉、「愛の寺院」だ。

途中、溶岩の並ぶトレッキングのような道を登ったり下ったり、途中でお昼ごはんを挟みながら、険しい道を進んでようやく着いた。

改めて、よくこんなところまで来たよね、と思う。遠いけど、ここはどうしても旅程に入れたかった寺院なのだ。

4月に来たとき、とてもチャーミングですっかりファンになったジェロさんと再会する。

今回もとても可愛くチャーミングで、愛にあふれている。

ジェロさんと一緒にまたトコトコと丘を越え、湖のほとりの寺院に着いた。ちょうど今日は地元のおまつりらしく、その地域一帯のリーダーである偉い高僧もいらしていて、特別の儀式を見ることもできた。

ここでも、正式参拝を受ける。

ジェロさんの祈りの姿はとても美しかった。手に挟んでいる花の扱いも。子供のような無邪気さと同時に、母親のような包容力のある女性。

この花を挟んで祈るスタイルに、参加者の皆さまもすっかり慣れたみたい。

終わってから、お供え物が私たちにまわってきて、一部をここで食べるように言われた。それを食べるというのは、その場と同じエネルギーになる、ということだからね。

「でも一応お腹のことを考えて、焼き菓子とか、火の通っているものを食べてください」と皆さまに呼びかけようと思ったそばから「シャクシャクシャクシャク」と音がして、Xさんがすでに洋ナシをムシャムシャ食べていた……。

続けて、駐車場の脇にある「プラ・ウルンダヌ寺院」に移動。

また今日も時間がおしているので、こちらの寺院でのお祈りは簡単にすましてもらおうと思っていたら、ジェロさんに「こっちのほうが大切だから」と言われる（笑）。ああ、もう時間を気にするのは本当にやめよう！

今回のバリツアー、本当に何回も何回も祈りを捧げているけれど、皆さん、なにを思っているのだろうか。さすがにこれだけ繰り返していると、伝える内容も絞られてくるよね。ここは前回、この奥に安置されている女神様を拝みに中に入れてくださった場所だ。それを思い出し、女神さまに向かって心を集中させる。

終わってから、前回お話をうかがったジェロ・マンクー（マンクーより上の僧侶）がいらしたので、『浄化の島、バリ』の本を渡す。すると、それを見たがる他のマンクーたちが列をなし、あっという間に私のまわりに人垣が……。写真を撮るときも、ジェロ・マンクーとジェロさんと私の3人だけのはずが、次々と他のマンクーが横に並んですごい大人数の写真になっていた。


この適当さ、いいよね～。バリにいると、「枠のなさ」を感じる。たとえば、「この団体にはこのジェロ・マンクーがついているから、他の人たちが一緒に写真に入るのはよくない（失礼？）」というような、日本人がちょっと考えそうな感覚はまったくない。みんな、一緒でいいのだ。祈祷のときも、そばで地元の家族の子供が走りまわっていたときに、「うるさい！」とか、「静かにさせて！」という感覚はなく、「子供というのはそういうものであり、自然な姿でいい」とされる。だいたいマンクーたちも、お祈りが始まるまで隣の人とベラベラおしゃべりしていたりするしね。

一番後ろの列に座っていたホホトモさんから聞いたことだけど、私たちの祈りが始まったとき、私たちが座っている後ろで、世間話をしている地元のバリ人たちの声があまりにうるさくて、思わず振り返ろうと思ったくらいだったという。

「あれは絶対に世間話をしていたと思う」

帆「インドネシア語でも、世間話だってことはわかったんですね（笑）」

「絶対そう。きのうさぁ、飲み屋でさぁ、というような会話だった、絶対に」

とか言っていた（笑）。

そしてなんと、前方の祈りが終わった頃、そのおしゃべりしていた人たちが神妙に前に進み出て、私たちに聖水をかけてくれたという。

「あれが、聖水をかける役だったとは！！！」

「ホントに、枠がないよね～」

「自然体だよね～」

夕焼けが始まり、向こうの山のシルエットがとてもきれい。富士山みたいな稜線。

皆さまの表情を見ていると、来て本当に良かったと思う。


この日はホテルで夕食。「ホテルピタマハ」の女主人であるK子さんの柔軟な対応も素晴らしかった。

皆さまのテーブルをひとつひとつまわり、ゆっくり時間をかけていろんな話をした。

ある人が、「このツアーの中に、私の友達や知り合いに似ていると思う顔の人が4人もいるんです」と言い出したあたりから、面白い話の流れになった。

「実は、私も似ている人がいるんです。特に○○さんが私の夫にそっくりで……」
○○さんは、今回の中で唯一の男性参加者だ。彼女は、自分と夫との関係にある問題（事柄）が起こっていたのだけど、それを象徴するように、ご主人にそっくりの○○さんがツアーに参加していて、しかも行きの飛行機で隣の席だったらしい。そこから男女のパートナーシップの話になり、さらに思わぬ人が夫婦関係のことをカミングアウトしたりして、とてもいい話し合いの場になった。

ご主人にそっくりの○○さんが参加してくださったおかげだ。

他にも、書ききれないほどたくさんの素晴らしい話があった。心にメモ！

今日も本当に濃い一日だった。毎晩寝不足な気がするのだけど、ちっとも疲れていないのはどういうわけだろう。

10月14日（火）

今日はツアー最終日。

午前中は、ホテルでエステなどを受ける組と、ウブドで買い物をする組に分かれる。

私はウブド組の皆さまと一緒にバスに乗り、私の大好きなウルワツのお店を案内した。もうすっかり店員さんとも顔なじみ。

お買い物のアドバイスを求めてくる人には、私なりに思うことを話した。「このトップスを買うのであれば、絶対におそろいの下も買っておいたほうがいい（上下合わせて着るからこそ素敵になるから）」とか、「日本で着るときはこのリボンのレース部分を胸元につけて開き具合を隠すといい」とか、「そのとき、絶対に間に合わせのインナーとかを着ないように」とか、いろいろ。

さて私の買い物はといえば、ツアーが始まる前に下見をしておいたものをパパッと試着して買った。そして、皆さまが終わるまで、近くのお店をひとりでブラブラ。

そこで、素敵な籠《かご》バッグを見つける。白い洋服ばかりを扱うお店の棚に、うやうやしく置かれていた籠バッグ。露店に並んでいる籠バッグは、現地では良くても日本では使えないものも多いので、これまで一度も手を出さないできたんだけど、これは私がイメージしていたものにぴったり、4800円くらい。ケントさんにディスカウント交渉をしてもらおうと、ケントさんを呼びに戻ったら、タッチの差でそのお店が昼休みに入ってしまっていた。

ガックリ。せっかく見つけた籠バッグだったのに。あのとき、値切らないで買っておけば良かった。でもまあ、今はまだ買わないほうがいいということかもしれない、と思って気持ちを持ち直す。

すると、バスの駐車場に向かって歩いている帰り道、別のお店で同じバッグを発見した。こういうときの反応の仕方って、すごいよね。山積みの籠をチラッと見ただけなのに。

そしてそのお店はこれまで何度も前を通り過ぎていたのに、突然目の端に飛びこんできたのだ。「他のお店では3500円くらいで売ってたよ！」と伝えてみる。一緒にいたホホトモの皆さまも同じモノを購入したそうだったので、全部で4つ買うから、と言って、ひとつ3000円で買った。すごくうれしい。ものすごく気に入った。

ホテルでエステ組と合流して、このツアー最後の寺院であるウルワツ寺院に向かう。正式参拝を受けた場所は、一般観光客は入ることのできない特別な場所、海に張り出した30畳ほどの石畳で、祭壇の向こうに夕日が落ちていくという素晴らしい場所だった。

ここには、バリヒンドゥーの三大神である、ブラフマー、ヴィシュヌ、シヴァのさらに上にいる大神サンヤンウィディがお祀りされている。

これまでこのツアーで祈ってきた私たちの思いを、この神様が受け入れ、かなえてくれるらしい。バリ島全体への御礼、このツアーへの御礼、ここで体験したさまざまなものや、みんなの思いが調和と良き方向へ向かうことを祈った。

さて、フェアウェルディナーの会場へ向かう。

これまでとはまた全然違うモダンで洗練されたレストランに着いた。

芝生の庭に真っ白なテントが張られ、ガーデンウェディングのようにアレンジされた素晴らしく素敵なテーブルが用意されていた。手前には花びらで大きくレストランの名前が形づくられていて、白いカバーのかかった椅子には大きなピンクのリボンがついている。うん、フェアウェルディナーの席にふさわしい！

ただひとつ、食事の途中から日本の音楽（Ｊポップ）が流れ始めた。たぶんサービスのつもりなんだろうけれど、皆さまの声が聞こえないし、ここで日本語の曲を聞きたくないので止めてもらった……。

ツアー恒例、ひとりずつの感想会。このツアーで一番印象的だったことを話してもらうものなんだけど、ひとつひとつにその人らしさがよく表れていて、泣けた。

これだけ人数がいるのに、よくもこれだけ感じることが違うなあと思う。それぞれ受け取るものはさまざま。でも共通しているのは、みんな新しいなにかの解決法をつかんだり、抱えていたものが癒されたり、日本に帰ってからの新しい自分に期待いっぱいであること。良かった、本当にやって良かった。

私からの感想としては、まず、4月にはじめてバリに来たのに、こうして半年後にバリツアーが実現していること、はじめに予定していたハワイ島ツアーのアレンジが八方ふさがりになってしまった後に、流れるようにバリ行きが決まった流れを思うと、そのとき（その年）の流れに合わせてすべてはきちんと用意されているし、はじめの予定が壁に突きあたったときには執着せずに柔軟に変更すればいいという……、起こることはやはり絶妙に用意されているすごさを思った。

そして半年前に来たときとはまったく違うバリ島の印象になっていて、私が考えていることもあのときとまったく違っていることから、人も土地も思いも、時間の経過とともに変わるし、変わるのが当たり前で、変わっていいんだなということを思った。私たちは毎日生まれ変わっていると思うし、なにかのきっかけで急に方向が変わることもあるかもしれない。でも、そのときどきの自分の感覚を大事にして、柔軟に変えていきたいと思う。

ああ、今回も本当にいいツアーだった。

皆さまを空港にお見送りして、手を振り終わったとたん、ドッと眠気が襲う。

「体ってすごいよね。これまではこうならないように自然と防御してくれていたんだよね」

とスタッフとしみじみ……ホテルを移動して、乾杯をした。

10月15日（水）

よく眠った。きのうからヌサ ドゥア ビーチ ホテルに泊まっている。

カーテンの向こうには真っ白なビーチ。きのうまでとはまた違った景色が広がっている。

ベランダの机で、ちょっと仕事してから朝食へ。


午前中、私はケントさんと一緒にバリ州政府へ行き、前回お世話になった政府高官のS氏に本を渡しに行く。州知事は、現在シンガポールへ出張中とのこと。

それからデンパサールの市場で、3時間ほどかけて買い物をした。

車を降りるなり、荷物持ちとして私たちにくっついてきた現地の女性に、お金を払って雇ってあげる優しいケントさん。でもこれ、正解だった。はじめ、荷物は自分で持つから大丈夫、と思っていたけれど、どんどん量が増え、生地などは何メートルにもなるとものすごく重いので、狭い（そして臭い）市場の通路では荷物持ちがいてくれて本当に助かったのだ。

それに、こうして仕事をあげることも、現地の人たちの持ちつ持たれつの関係だという……なるほどね。

それにしても……暑い、そして臭い。市場は途中から建物の中になり、1階に並んでいる動物の肉類、生もの、乾燥食品、調味料のにおいが上の階まで充満している。道は迷路のように入り組んでいて、身の危険はないかもしれないけれど、とてもひとりでは歩けない。

ケントさん
いちいち止まるから
ちっとも進まず

この市場で、ケントさんのポイントがさらにアップする事件が勃発した。

生地の問屋さんで、ケントさんがお店の主人と大喧嘩をしたのだ。そのお店は、私好みの生地がたくさんあり、「たくさん買うから」と値切り交渉を始めたんだけど、最初に話をつ

けた男性店員さんが言っていた金額と、レジを打つおじいさん（社長）の金額が大きく違っていた（らしい）。しばらくインドネシア語で話していた後、突然ケントさんが机をたたいてどなり声をあげた。レジに座っているおじいさんはびくともせずに言い返している。

だんだんエスカレートしていく両者のどなり声を聞いて怖くなった私は、レジから離れ、売り棚の後ろに隠れた。すると今度は、ケントさんが相手の胸元をつかみ、殴りかかる真似をした（後から真似だとわかったけど、そのときは本当に殴ると思って目をつぶったものだ）。そんな激しいやりとりがけっこう長く続いてどうなることかと思ったけど……結局、はじめに言われた金額で買い物をすることができた。最後は、お互い穏やかな話し方になり、肩をたたき合って終わっていた。

聞いてみると、値引きの金額どころか、正規の金額よりも高い額をレジに打ちこみ、「ワシが社長だから、ワシが決める」というようなことの一点張りだったらしい。ケントさんは、その「目先のちょろまかしで商売をやっていこうとするバリ人のやり方」にガックリして、つい声を荒げてしまったらしい。

ケントさん、カッコいいね!! それに本当に頼もしい！ だって、その値切った金額は日本円にすれば本当にわずかなもので、もしケントさんがここまで真剣にならずに「値切れないから払ってください」と私に言えば、たぶんそのまま払っただろう。でも、この市場の悪しきやり方の未来も考えて、はっきりと意見を通したのだった。こういうことができる人（男性）って、カッコいいよね～（笑）。特に、普段とても穏やかで優しい人だから、このメリハリがよけいにカッコいい。

その後、この市場に、おとといの「愛の寺院」のジェロさんがやってきた。近くに住んでいるわけでもないのになぜ？　と思っていたら、夜、神様に祈っていたときに言葉が降りてきたそうで、私に渡したいものがあるという。

開けてみると、寺院に参拝をするときにマンクーたちが身につける白の衣装だった。

「え？　なんで？　私用？　どうして？」

と思ったけど、とてもうれしい。あの衣装、とても優雅で素敵だったので、それをいただけるなんて。

そのほか、お香などのお土産もいただき、また必ず来るからねと話して別れる。

ホテルに戻り、ホテルのスパでエステを受ける。

マッサージが始まって1分後には夢の世界へ導かれ、ふと気付いたときには90分が経っていた。

「え？　もう？　ほんとに？　ほんとに90分やった？」と思わず聞いたら、

「Look! 90!」

とあやしい英語で時計を持ってきてくれた。すっごく疲れていたんだね。

慌ただしくパッキングをして、飛行機の時間までホテルのラウンジで仕事をする。

10月16日（木）

日本時間の朝、帰ってきました。

今、お昼。バリは時差が1時間なのがいいよね。

帰ってからそのまま仕事に向かうことができる……向かわないけど。


ゆっくり荷物を空けて、買い物したものやお土産などを開ける楽しい時間。

ジェロさんからいただいた衣装の箱に、白い封筒が入っていた。中には金色の天然石のブレスレット。手紙には、小学生のようなかわいい英語で、「来年の満月の三日後に、あなたとお母さんはこの衣装を着て、愛の寺院に来ます」と書いてあった……。同じような衣装を着た私とジェロさんの絵までついている。

なに？　なんの話？　また来て、ってこと？

あまりにお告げ的で意味深な内容にボーッとしてしまう。

さっそくラインで友達に報告したら、「ついに、帆帆マンクーの誕生だね！」という返信あり。

来年の満月にバリに来て、この衣装を着て儀式に出るってことだろうか……私はどこに向かっているんだろう、とか思うけど、まあいいか。

まだ来年のことだし、まずはお昼寝しようっと。

10月19日（日）

ツアー参加者のひとりから事務局に連絡があり、思わぬ望み（すぐには無理かな、と思っていたこと）がかなったらしい。やっぱり、バリパワー、なんかあるね！

そして、ツアーに参加していた別の人が現地で話していたことを、私の次の講演会でちょっと引用させていただきたいと思って、スタッフから連絡してもらおうと思っていたところへ、その人からフェイスブックでお友達申請があった。タイムリー。

10月21日（火）

このあいだU先生のお祝いの席で、カンボジアの活動をしている高山さんから、またカンボジア行きの話が出た。私の友人がかなり乗り気で、「私が手配とか面倒なことは全部するから、行こうよ〜」と言うので、重い腰をあげて行くことにした。

それが思わぬスピードでどんどん動いている。

ちょうど、これも私たちの友人が運営している「ドリーム・ガールズ・プロジェクト」という団体の授賞式が、首都のプノンペンであるので、そこで私がお祝いのスピーチをすることにもなった。

これは、「カンボジアの女性に働く場を」ということで、カンボジア全土からデザインを募集し、コンテストで優勝（入賞）した女性に、日本の企業から注文を受けデザイナーとして職を与える活動だ。

高山さんの村から首都プノンペンへの通り道には、私の里子くんがいる孤児院「夢追う子供たちの家」もあるので、そこにも寄ろうかな。タサエン村↓孤児院↓プノンペン……その後、アンコールワットに行くところから合流したいという友達もいるらしく、なんだかあっという間にいろいろ決まってきた。あら、ホントに実行される旅行だったのね……。

10月23日（木）

パパさんが伊勢神宮に行ってきたそうで、私の『あなたの感じる伊勢神宮』が一番いいガイドになった、と言っていた。それは良かった。

先週、先々週？　に出た新刊『大丈夫、いつもそばにいるよ。』も読んでいるみたい。

10月24日（金）

このあいだもらったアップルパイがすごく美味しかったので、同じお店に買いに行く。

バッタリ友人に会う。

「これからアップルパイを買いに行くところなの」

と言ったら、笑ってた。

来月、名古屋である朗読会のために、スライドの映像を選ぶ。朗読のあいだ、私の後ろに映しておく映像だ。
宇宙空間にする予定。私のイメージでは「こういうの」というのが見えているので探して

もらった。会場は円形で、演劇などもできるとても素敵なところらしい。楽しみ。

さてと、今日は、新しい出版社に移ったFさんと、再来年の本の打ち合わせ。再来年ってとても先に思えるけど、つまっているので今くらいに話し始めるのでちょうどいい。

今回は初の物語の本。参考になるものをいろいろ持ってきてくださって、すっかり物語の世界に浸る。ゆっくり読もうっと。

10月28日（火）

きのうまで神戸にいたのだけど、帰る日の朝から体調が悪くなり、帰りの新幹線で熱がグングン上がった。それで、今日はできるだけ寝ていることにする。苦しい。

10月30日（木）

寝ていたら、ひとまわり小さくなった。

今日は名古屋朗読会の打ち合わせ。

かわいい主催者AさんとYさんが、東京に来てくれた。

10月31日（金）

ある会社の会報誌から取材を受ける。

化粧品会社の年始号だったので、普通の取材以上の撮影だった。立ち姿とか、クルッとまわって動きのある姿を撮るとか。

本当に痩せて、ウエストのあたりがゆるゆるしている。あまり良くない。

11月1日（土）

今日は大阪講演。

行きの新幹線で食べたお弁当が、美味しかった。すべて天然の素材にこだわり、保存料や着色料などが一切入っていない「泥武士」のお弁当。スタッフのおススメ一押し弁当。

昨年に引き続き、「朝日カルチャーセンター」主催、ホテルエルセラーン大阪のホール。ここは、サイズといい、木のぬくもり感といい、とても気に入っている。

今回は、9歳から70代の方までいらしたそう。

終わってから紀伊國屋書店の梅田本店で、新刊『大丈夫、いつもそばにいるよ。』のサイン会。

ここの加藤店長には、長年とてもお世話になっている。今日も、サイン会会場で自ら動いて準備をされていて、頭が下がる。

「この本を読んで泣きました」という男性がいて、驚いた。泣きました、にはきっといろんな意味とその人の歴史があるんだろうなと思う。

これからいただいたお手紙などをゆっくり読みます。

11月2日（日）

サイン会や講演会の後は、いつも心地良い疲れと充実感でいっぱい。妙に冴えていて、行動的。その感じは、パワースポットや神社に行った後にも似ている。

11月4日（火）

さて今日は、三省堂書店の有楽町店でサイン会。

お子さんが生まれたときから毎年サイン会に通ってくださる方（お嬢さんはもう7才）が、今年もいらしてくれた。その他、お顔を拝見すると「ああ、どこかのサイン会にいらしたなあ」と思い出す人も多い。

サイン会は、私にとって、出版社の営業さんや書店の書店員さんなど、普段お目にかかる機会が少ない人たちと会える大切な場。もちろん読者の方々も。

巻末に、この本に関わった人を、営業さんなども含めて映画のエンディングロールのように全部載せればいいのに、と何年も前から思っていることをまた思う。

11月10日（月）

秋だなあ。

サンマリノ共和国の駐日特命全権大使であるマンリオ・カデロ氏が、前回お会いしたときに『あなたは絶対！運がいい』の英語版電子書籍をとても気に入ってくださったらしいので、電子書籍企画の担当者と一緒に、紙に印刷した実際の本を届けに行った。

イタリアにあるサンマリノ共和国には、日本の神社本庁公認の神社がある。カデロ大使が日本に惚れこみ、日本の宮大工さんを呼んで建立したというヨーロッパ初の神社。

あのカトリックの国の中に神道の神社！

でも、イタリアはあらゆる宗教に対して門戸は広いという。お土産にいただいたワインのエチケットにも、赤い鳥居がついていた。

大使とともに話に同席した書記官の男性（私と同世代）も、とても流暢《りゅうちょう》な日本語を話した。そして当たり前のことだけど、日本をとてもよく知っていた。ファッションブランドやスィーツのお店の場所までくまなく……。

いろいろと楽しく話して帰る。


だんだんと寒くなってきた。もうすぐ紅葉かな。

11月12日（水）

朝起きて、パッと絵本が浮かんだので、絵本の専門店に行く。ここに来るのは久しぶり。

ああ、この絵本の世界……好きだけど、今はまると他のことが後まわしになりそうなので……と思う。

「はまってもいいじゃないか」

「いや、今はさすがにまずいの、他に優先しなくちゃいけない本がたくさんある」

「盛り上がったときにやったほうがいい、って言ってたじゃないか、自分で」

「うんわかってる。でもこの世界は、いつでもすぐに盛り上がれるから大丈夫」

と心の中でひとり会話をして、店を出る。

週に1回の、共同通信のコラム、今回の記事は、妙にアツく書いた。

実現力のある人って、やっぱりちゃんと行動しているんだよね、としみじみ思ったから。

たとえば、「これ、読むといいよ!」と言われたら、ちゃんと読む。「掃除って開運するらしいよ」と聞いたら、パッパと掃除をする。「あそこ、パワースポットらしいよ」と聞いたらすぐに行ってみる……など。次に会ったときに、言ったこちらが驚くくらい地道に続けている。

ここには、心についてのことも含まれる。つまり、「心配しそうになったらすぐに映像を切り替える」とか、「直感で選ぶ」とか、そういうことをすぐに試し、少々のことがあってもブレず、たとえブレてもまた続けている。

本気で変えようと思ったら、やれることは日常に山のようにある。どれかひとつでも続けていたら、生活は変わる。

そこで私のことだ。言われていたけれど、やっていないことで思い当たることがある。久しぶりに徹底しよう。なにかの変化が起こることを期待して、しばらく徹底するのだ!!

ランチに、今年のホホトモクリスマスパーティー会場のフレンチレストランで食事をする。オーナーのパトリックさんと打ち合わせ。とても気持ちの良い人だった。当日にも出るマロンのスープがおいしい。

夜は、このあいだのサンマリノ大使館の書記官とサンマリノワインが入っている銀座のレストランで食事をする。ジャズの生演奏が入るレストラン。

11月15日（土）

今日は、私の初の試み、朗読会。

この日のために、担当のAちゃん&Yちゃんコンビがいろいろと策をこらしてくれていた。たとえば、私が舞台上で座る椅子は、木製の揺り椅子を思わせる大きくて雰囲気のあるものだったし、その近くに置く机も、椅子に合うように考えられ、分厚い本を何冊も重ねた上に置くようになっているなど、その空間が私の部屋のように演出されている。

これらはすべて、Aちゃんのご主人がしてくださったことらしい。建築家であるこのご主人、いろいろなことに細かく心配りがあり、ご自分が持っている画集に本格的な（ふっくらとした厚みが出るような）表紙を貼って、そこに私が壇上で読む台本を挟めばいいように作ってくださった。表紙の素材も紙ではなく、スエードのような手触りの良い布が貼られている。

その表紙を貼った画集というのが……かなり印象的なアートの本で、本物そっくりに作られた男性の裸体の作品だったり、本物そっくりの男女が裸で絡まっているような作品が、ページいっぱいにドドーンと出ているような本だった。一体なぜこの本を選んだのかと不思議だったけど、たぶんこれが、大きさや厚みなど、ちょうど良かったんだよね。

会場で、ライティングの打ち合わせをする。後ろに映し出す予定の宇宙空間も、すごくいい。これだけで、もう感動して泣いている主催者AちゃんとYちゃん（笑）。

始まると、暗闇の中、オルゴールの音楽と一緒に私が入ってくる。テンション上がる。

本番は、ただただもうあっという間だった。

私の好きな本の一節や詩を朗読して、その話の意味や、そこから展開される私の考えや体験などを話した。最後に、新刊の『大丈夫、いつもそばにいるよ。』を読む。

ひとつおかしかったのは、会場の前列で寝ている男性がいて、その人のいびきが途中から大きくなってきたこと。特に、ダイジョーブタというブタのセリフを読んだ後に続いて、「ブー、ブー」とか鳴るので、あやうく笑うか、注意するか、しそうになった。しかし、ここで私が動じてはいけないと思い、どうにか最後まで終了する。

終わって、みんなにそのいびきのことを聞いたら、「ああ、まあ、いましたけど、惹きこまれていたから、そんなに気になりませんでしたよ!?」とか言っていた。

その男性、もし誰かの引率だったら、絶対にその人が注意すると思うし、当日券で入ってくるには、今回のチケットは安くないと思うので、一体どういう目的で入ってきたんだろう、しかも最前列に……と不思議に思う。

とってもいい会だった。名古屋のこのチーム（特に主催者のA&Yちゃん）は、毎年とてもいいエネルギーで動いている。

11月17日（月）

北原さんのラジオ収録、「きのうの続きのつづき」。出るのは3回目くらいかな？

2週間放送分（8本分）を収録して、北原さんの奥さまも一緒に食事をしに行く。パーソナリティのNさんのご主人さまがされている元町のイタリアン。前に行こうと思ったら満席だったので、やっとお邪魔できてうれしい。アツアツの石釜ピザが食べられる。今日もかわいらしい北原さんの奥さまが最近行ったというシンガポールの話を聞いた。あの「船が上に乗っているホテル」、マリーナベイサンズの話とか。

元町はクリスマスが始まっていた。

11月19日（水）

このあいだの名古屋講演で、台本を挟んでいた画集に私がコーヒーをこぼし汚してしまうという事件があった。

あんな個性的な画集は、絶対にそれが好きで特別に思い入れのあるものに決まってる！　東京に戻ってから同じ画集を検索したけどどうしても見つからず……、なにをお詫びの贈り物にしようかと考えたところ、ひらめいた!!　何年か前に知人にもらった「AURORA」のスケッチペンだ!!　イタリアで最初の万年筆メーカーで、筆記具としてはじめてMoMAに永久展示されたブランド。回転式に鉛筆の芯が出てきて、ペンダントとして首から下げることもできるスケッチペン。まさに、建築家が外でササッとスケッチするようなときにぴったり！　さっそく手紙を書く。

実家で使っていたクリスマスツリーが届いた。

こんなに大きかったっけ？　実家のリビングの天井は3メートルあるので大丈夫だけど、この部屋だと240センチのツリーは天井スレスレだ。

飾りをつけて、リースも出して、壁に天使の置物もつけて、満足。

ライトのバリエーションは、「ちょっとずつだんだん明るくなる」バージョンにした。

12月はじめになったらアドベントカレンダーを出そうっと。

11月20日（木）

朝、ウォーキングに行く。

最近、物事の流れがとてもいい。これは絶対、また掃除を徹底するようになったからだと思う。それから、ここに行きたいとか、これをしたいという自分の気持ちに、最近とても忠実に動いているからだと思う。

たとえば、なんとなく散歩に行きたい、とか、今日はあそこに行く予定だったけれど、気持ちが乗らないからやめよう、とか。そういうちょっとした自分の気持ちに忠実に動くと、流れが良くなっていくのがはっきりとわかる。徹底して掃除をしていると、「自分の気持ちに忠実に進もう」という気持ちにも自然となるから不思議。全部、つながってる。

さて、そんないい気持ちでウォーキングをして、近くの神社にも寄り、戻ってから仕事。

11月21日（金）

だんだんと冬が近づく、しんしんとした寒さがやってきている。冬のはじめの香り。午前中、銀座「教文館」のナルニア国へ行く。

夜は、ボジョレー解禁に合わせて友人が貸し切った「ホタルナ」という船で、ワインを味わう。ママさんと合流。道が混んでいて遅れそうになり、気を揉んだ。タクシーの運転手さんが、「絶対そこに入っちゃダメなのに」という道に突っ込んで、15分くらい動かず……イライラした。船なので、出港時間になったら待ってくれない。そんなの悲しすぎる。

でも結局、間に合った。最後の数人だった。もし間に合わなくても、このプランは後ろからモーターボートで追いかけてくれるんだって！

この船は、平べったくて宇宙船のよう。司会のFさんが、「時間を戻して、ボジョレー解禁の０：００に出航いたしました」というような挨拶をしていたので、それに続いて私の乾杯の挨拶も、明日の新月にちなんだ話をした。

食事をしてから、上のデッキへ。

すごい夜景にホーッとなる。レインボーブリッジ、お台場、フジテレビのあたりもいいけれど、工場エリアも好き。あのキリンの首のようなクレーンたちが、闇の中にジーッと立っている。

今年のボジョレーは味わい深かった。濃く、深い。

終わってから、友達とママさんがうちに来て、そこから夜中過ぎまでおしゃべり。

11月22日（土）

今日から軽井沢へ行く。

起きたら、やっぱり眠い。９時に出るはずなのに、起きたらもう８時半……、というところへママさんから電話。

「やっぱり連休だから渋滞してるってテレビで言ってるから、お昼過ぎに、少し緩和されてから出ない？」と言う。賛成。

まず共同通信の原稿を書いて、床の雑巾がけをして、きのう作った宅配便ふたつをコンシエルジュに持って行く。

キッチンやバスルームもきれいにした。
テレビを見たら渋滞が緩和されてきているので、「12時頃に出るね」とママさんに電話して、荷物を作る。といっても、パソコンと明日の着替えを入れるくらい。
すべての雑用をすませて軽井沢へ。
帆「このあいだ、『自殺』という本を読んだのね。その著者の人生は、実のお母さんが30代でダイナマイト自殺して、しかも隣の家の息子と一緒に!! それから山の中の小さな村で極貧生活をして、社会人になってからもお金を先物取引につぎこんでたくさん借金をしたり、パチンコや競馬や人に貸したりしてまたまたたくさん借金を作ったりしたのね。で、バブル崩壊でできちゃった数億円の借金は、バブル時代には銀行のほうから『借りてください』ってお願いしてきたんだから！ と、毎月数千円ずつ返す、ということにして、結局踏み倒したらしいの。だから、借金だとかお金なんかで自殺する必要なんてまったくないですよ！ 返す必要ないですから（笑）みたいなことを書いていて、とにかく面白かった。ああいう人生の話を聞くと、人生、なんでもありだな、という気持ちになるよね」
マ「それは相当肝がすわっているでしょうね」
帆「自殺っていうことを、良くも悪くも捉えていなくて、自殺名所の青木ケ原樹海に入っていった人へのインタビューとか、自殺率ナンバーワンの秋田県の調査とか淡々と紹介しているの。自殺っていうものを気楽に話題に出せる場を提供していることだけでも、自殺を考えている人は救われるかもね」

マ「いろんな役目の人がいるわねえ。でも本のタイトルがママはどうも好きじゃないわ」

とか話す。

着いて、すぐに暖炉に火を起こして、読書。

友達が、「私、最近いよいよUFOや宇宙人を見るような気がする」と言っていたので、「今日から軽井沢に行く」とラインしたら、「あ、そこでもあり得るよ!? 見るとしたら長野か山梨だと思うから」と言っている。「それなら、見るわね」とママさんが言ったそのとき、急に携帯の地震警告のベルが鳴り、かなり大きく揺れた。

地震！！！　急いでテレビをつけると長野北部で震度6！　6って、かなり大きい。

「昔は、震度6なんて言ったら大変なことだったけど、今は震度5とか6なんて聞いても大騒ぎにならなくなっちゃったわね～」

とママさん。でも、長野はあまり地震のないところだからびっくりした。

11月23日（日）

今日も軽井沢らしいまったりとした一日。

サイキックな友達から連絡があって、また本の仕事で海外に行くって。で、ロイヤルファミリーとつながるって。ロイヤルファミリーのいる国って……、タイかな？　どこだろう。

11月24日（月）

夕方、軽井沢から戻り、夜は某コンビニチェーンの社長と食事。

この社長は青学の卒業生。社会で大活躍している青学卒業の経営者はそれほど多くないので、お目にかかるのを楽しみにしていた。

この社長が就職する当時、数々の大手就職先への紹介があった中で、自分で今の会社を選んだというところなど、本当にカッコいい。だって、今でこそ有名企業で、「就職したい会社」の上位に常にランクインしているけれど、30年近く前のコンビニチェーンと言ったらねぇ……。さすがだな。

最近はまっていることはピアノだって。それもなんだかいい。来週とる遅い夏休みは、じ

っくりとピアノの練習をしたいんだって。

このレストラン、今日もとてもいい感じだったので、12月のスタッフたちとの食事はここにしようと思う。

11月25日（火）

とてもいい気持ちで目が覚める。きのうの夜は楽しかった。

午後は、打ち合わせを一本。

来年の4月頃に出す、写真と言葉の本。カメラマンの西澤さんと、小学館の編集Oさんと、デザイナーのMさんと。西澤さんがベルギーで撮ったという新しい写真をどっさり借りて帰る。

今日は肌寒くて、雨が降っている。でも心はホクホク。

11月26日（水）

「毎日、ふと思う⑬」が出た。タイトルは当初の予定通り「どこに向かうの？　なにをしたいの？」にした。フフフ。

今日はとても忙しく、朝から同じ交差点を車で4回通った。そのたびに渋滞していて、どの約束の時間にもたっぷり余裕を持っていたのに時間ギリギリになる。年末に向かっての渋滞がもう始まっているのかな。

一番最後の予定は、サントリーホールでの熊本マリさんのピアノコンサート。

選曲が面白かった。素人が聞いていても、すごく技術が必要なんだろうなと感じさせる曲。『死のエチュード』とか『調のない曲』とか。リストの曲も多かったけど、いつも聴くリストらしい曲ではなく、その中のひとつなんて、リスト自身、作曲しながら「こんな曲を聴きたい人がいるだろうか」とかいうコメントを残したほどらしい。笑える。

コンサートの後、友達が遊びに来て、

「日記、出したよね？　『どこに向かうの？　あっちに行くの？』とかいうタイトルの」

とか言うから、ちょっと違うけどね……と思いつつ、新刊を渡す。

11月29日（土）

ふと思い立って、青学のクリスマスツリー点火祭に行ってきた。卒業以来、行くのは13年ぶり？　くらい。こんなにいいものだったっけ？　と思うほど、とても、とても良かった。

特に、点火が始まる前の『久しく待ちにし』の讃美歌。私はあの讃美歌がとても好きで、はじめの一小節が流れるだけでジーンとしてしまう。ちょっと歌うだけで次の歌詞がずらずら出てくるところなど、すごいものだなと思う。それは他の讃美歌についてもそうで、子ども讃美歌の『かみのおこの（神の御子の）』などまで、全部覚えていたのには驚いた。

私の頃と変わっていたのは、初等部の聖歌隊のガウンの色、ハンドベルクワイヤーのベル（今の初等部生が使っているベルは、おもちゃのようなベルになっていた）、ツリーの電飾の色の鮮やかさ、そして、ツリーに点火した後、そこにいる参加者全員が点火するキャンドル。当時は本物のろうそくに火をつけていたけど、ＬＥＤライトになっていた。これは味気ない……でも考えてみたら、そのほうが安全よね。本物の火を使っていた当時、よくなにも事故にならなかったと思う。

フンフンフンと讃美歌を口ずさみながら帰る。

帰りに寄ったセレクトショップで、素敵なニットを買う。

11月30日（日）

いい天気。掃除をして、携帯サイトの今月のコンテンツの写真を撮るだけで午前中が終わった。お風呂に入る。あがって、なんだか疲れてボーッとする。

夕方から友達と散歩に行く。今日は絶対に散歩すると決めていた。このあいだ、点火祭に行ったときに町のイルミネーションがすっかりクリスマスでとてもきれいだったので。

いつも素通りしている洋服のお店とか、ちょっとこがわいい雑貨のお店とか、このあいだ閉まっていたセレクトショップなどに入る。

そのまましばらく歩いて目黒川沿いに行ったら、例の、あの真っ青なイルミネーションが輝いていた。川に近づくあたりから、ものすごい人数の気配を感じたので、もしや、と思ったら！　すべてが青に染まっている。これはなかなかすごいね。

もともとこの近くのお店に入ろうと思っていたのだけど、この混雑では、予約していなければ無理だろう……と思っていたのに、2時間だけなら、ということで入れた。しかも窓際の川沿いの席。前の人たちは「満席です」と言われて出てきていたのになぜ？　と思ったけど、たぶん、友達の話しかけ方がポイントなんだと思う。なんていうか、押しがいいというか、上手なのだ。店員さんともすぐに仲良くなるし。

そんなわけで、青い光を見ながら楽しくお酒を飲む。

12月1日（月）

やらなくてはいけないことを頭に思い浮かべながら目が覚める。それを思い出した瞬間、心がグッと引っ張られるような暗い気持ちになった。でも、数日前の朝の気持ちのいい感覚を思い出したらポワンとなったので、そっちを何度も思い出す。

仕事に行こうと思ったら車のエンジンがかからない。うんともすんとも言わないので、いつもの自動車屋さんに電話。前の車のときも、最後のほうは何回も呼んでしまったけど、いつもすぐ来てくれるのでとてもありがたい。

急に予定が変わったから、カフェにでも行こうかな。今日は朝からシナモンロールが浮かんでいたから、それ食べて、もう気楽にいこうっと。

スタバに行く途中、友達からライン。

なんと、ついに宇宙人と交信したという。読んでみるとものすごくリアル。どれをとっても本当っぽい。メッセージをシェアしてくれたのだけど、その中で一番良かったのが、「とにかく必要なもの、欲しいものだけに注目してください。危険には耳を貸さないでください。危険なことは、避けられる能力が備わっています。そもそも可能性というのは、こうしなければいけないというものではなくて、こうすればいい、というものなのです。不安になることが一番いけないことです。自分が進む道が豊かだと確信していくことが豊かさにつながります。豊かな星から来た私たちが言うのですから間違いはありません」

というあたり。そして、宇宙人との交信はいつでもできる、という。

そうかぁ。そうかもね。

それから、これを伝えてくれた彼女のまわりにいる「3人と3人」は、「ステージが変わった」そうだ。

さっそく、ママさんに電話。

帆「3人と3人って、誰のことかな？　彼女のまわりにいる友達のグループの中からそれぞれ3人ずつってことよね、きっと。私たちにもシェアしているってことは、私たちも入っているんだと思わない？　あ、またラインが来た。3人と3人と、あとひとりだって（笑）」

マ「あ、それママのことだわ」

とか真剣に言うので笑った。

マ「だって、3人と3人だと、さすがにそこにママは入っていないかも、と思ったけど、『あとひとり』って言ったらねぇ」

とか言ってる。


↑本当に、あと1人はママさんのことだった

車はすぐに直った。やはりバッテリーがあがっていたらしい。軽井沢でトランクを開けたとき（ほんのちょっとしか入らないトランクなんだけど）、開け方がわからなくてそのままにしていたら、ドアがうっすらと開いていたらしく、電気がつきっぱなしでバッテリーがあ

がったらしい……トホホ。でもまあ、原因がわかって良かった。

なにかあるたびにサポートしてくださるマンションのコンシェルジュの人にも「本当に面倒な車でごめんなさい（苦笑）」と謝った。

12月8日（月）

きのうは「Hohoko Happy Christmas Party 2014」だった。

昼の部でも夜の部でも、話の最後に宇宙人の話をしちゃった。なんだか口から止まらなかったので。

でも「そういう話、もっと聞きたいです」と言ってくださる方がたくさんいたので良かった。来年は、あらゆる世界の話をもっと深く遠慮なく伝えるために、少人数のお話会（ホホトモサロン）を増やしたいと思う。

ランチとディナーのあいだにAMIRI女子会もあった。

2月の女子会のときに、雪で参加することができなかった人たちも招待した。

前回から今回までにすごく流れが良くなって、「あのとき○○だったことが、こんなふうになって今とっても幸せです」という人がたくさんいて、それを聞くとジーンとする。本当に良かったね、と思って。

そう、なにかに向かっていて、何回も何十回もうまくいかない場合、または変えたいと思っているのに何年も同じ状況がずっと続いている場合は、これまでと違うことをしてみればいいと思う。違う方法を試す、違う心で向き合う、違う動きをする。そして、違うことをすると決めたら曖昧《あいまい》にではなく、徹底的にやらないと変化がわからない。やるときはやる！という覚悟だ。

私の出番を待つあいだ、会場の裏でAちゃんと話す。彼女は今回の手伝いのためにYちゃんとともに名古屋から来てくれた、あの名古屋のA&Yコンビ。

彼女の昔の仕事の話から、話が思わぬ方向へ展開し、「え？ もしや、私の夢のひとつは、このAちゃんたちのおかげで近づくかもしれない」ということがわかった。

実は今回のクリスマスパーティーは、いつものスタッフに事情があって、別の人が担当していた。ところが、どうも他にも人数が必要、ということになり、名古屋からA&Yちゃんを呼ぶことになったのだ。はじめはスムーズに進まなくてモタモタしたけれど、だからこそ名古屋からAちゃんたちが来てくれてこの話になったことを思うと、流れというのは本当に面白いし、すべてベストになるようにできている。

クリスマスパーティーに紛れてやってくるとは……お主、やるなあ、という感じ。

↗宇宙のこと

夜の部はカルテットのコンサート。全員にプレゼントしたルビーのペンダントも好評だったし、ゲーム大会も楽しかった。

12月13日（土）

今年のホホトモの皆さまとのイベントも終わり、3ヶ月の連続新刊も終わり、ホッとしたところ。

12月に入ってからどんどん食欲が増して、止められなくなっている。

きのうも、夜はスタッフたちとクリスマスディナーだったから、昼間は食べないでいようと思っていたのにダメだった。

今日も、夜は友達とまたたくさん食べるから、朝も昼も飲み物だけにしようと思っていたのに、朝からしっかりとごはんを食べて、お昼にはシュトーレンを食べちゃった。おとといいただいたシュトーレン、もう1本なくなってる。

外はいいお天気。幸せ。
毎日届くクリスマスカードをツリーに飾る。

クルーザーで出会った3人組と食事。
ひとりの恋愛話をドドドーッと聞いて、同じ経験をしたことはないけど、その人の気持ちと状況がすごくよくわかる気がした。夜景がきれいだった。

12月15日（月）
今度は車のバックライトが切れた。またいつもの自動車屋さんに預け、そのあいだに茶道へ行く。最近、ちょっと時間があいてしまった茶道。先生とふたり、時間を感じさせない静かなときを過ごし、充実した気持ちで車をとりに行って帰る。クリスマスカードを書く。
最近、ずっといい気分が続いてる。

12月16日（火）
冷たい雨が降る曇り空。お膳立てされている流れ（宇宙に応援されている流れ）というのは、偶然が偶然を呼んであっという間に整えられていくものだ、と感じることがあった。
午後、仕事の打ち合わせが長引いていたとき、そこにいた人に「夜の会食に1名キャンセルが出た」という連絡が入り、こんな突然のキャンセルなら、ということで、代わりに同席していた私が誘われた。私は今週、この日の夜だけが空いていて、でもずっと食べ過ぎだったので「今日こそ夜ごはんを抜こう、そしてここから家まで歩いて帰ろう」とやる気満々だったんだけど、妙に行ったほうがいいような気がして、「行く！」と即答した。

仕事で一緒だった私の知り合い3名と、その人たちの同級生1名（私は初対面）と私。始まったら、その同級生が突然、さっき私たちが打ち合わせでしていた話と同じ話を始めたので驚く。しかも、彼女のほうがずっと詳しそう。その話のキーワードが出てきたとき、「今なんて言った？」と全員が声をひっくり返して聞き返していた。

そして、「こんなところに助けがあったか」とばかりに話がツルツル進んだ。

はじめの打ち合わせが長引いてよかった、そうじゃなかったら、キャンセルのお知らせが間に合わなかったもんね。

12月18日（木）

友人のホームパーティーに行く。@虎ノ門ヒルズレジデンス。

夜景がきれいだったけど、寒くて1分くらいしか外に出ていられなかった。

また今日もいつもの料理担当の人が奥からいそいそと出てきて、料理の説明をしていった。

11時頃から銀座のバーに移動して、お誕生日ケーキを3種類食べる。

12月19日（金）

最近、毎日とても楽しい。予定をこなすだけで「今日はもうこれでいい」と思える。

お墓参りに行く。

行きの車の中、「お姉さん（母の姉で私の叔母。もう80代だけど、ママがお姉さんと呼ぶので、私もお姉さんと呼んでいる）は、その年なのに本当に気丈よね」という話になった。

体力もそうなんだけど、気持ちが。動じないというか、状況を冷静に判断してオロオロせず、とても男らしい……。

姉「たしかにねぇ、昔ね、私が中学生くらいの頃にものすごく大きな台風がきたときがあってね」

帆「……それはホントに昔だねえ」

姉「突風がきて、庭に面した雨戸が飛ばされそうになったときにね、私は隣の家のお兄さんと一緒に雨戸を押さえて飛ばされないようにしてたの。それなのにお母さん（私の祖母）ときたら、キャアーってしゃがんだまま、なにもしなかったのよ!? 私ってそういうところがあるのよ……」

とかしみじみ言っていたけど、すごい話だな。

それから、お姉さんと同じ世代（全員80代）の親しい友達4人で集まったときに、

「この会に名前をつけましょう、ということになって、クローバーの会となったんだけど、よく考えてみたらクローバーって『苦労婆』みたいだからやめたのよ～（笑）」

とか言ってた。

お墓を洗ってお参りをした。遠い親戚たちのお墓も近くにたくさんあるので、そこも洗う。とてもすっきりした。これからは、もっとちょくちょく来ようと思う。

12月22日（月）

今日は面白い日だった。今朝と今とでは、別人のような気がするくらい。

今日は何年かに一度の朔旦冬至《さくたんとうじ》と言われる日で、新月と冬至が重なる珍しい日だという。

以前から友達に誘われていた、早稲田にある穴八幡宮に「一陽来復《いちようらいふく》」というお札をいただきに行った。とても力のあるお札なんだって。特に金運？ 関係が。

車で近くまで行ったら、このお札をとりに来る人のために道路が交通規制になっている。道には大型バスまで……そんなすごい行事？ だとは知らなかった。

少し離れた白枠に車を停める。

鳥居の近くに立っているガードマンに、待ち合わせの北参道の門の場所を聞いたら、「ここからどうぞ」と言われたので中に入る……でもそこは、本当は入るだけでも長～い列に並ばなくてはいけないところだった。

ちょうどその列に並んで後ろから入ってきた知り合いに、

「どうして並ばずに入れたんですか？」

と聞かれたけど、わからない。たしかに後ろの人は止められていたから。

「まぁ、縁があるってことじゃない？」

と言うしかないよね。


なんとこの知人が、先に並んで私の分のお守りまで買っておいてくれたという。なんて準備のいい……この人って、いつもそう。良かった、列に並ぶ場合は「ここから90分」と近くの看板に書いてある。

本殿にお参りをした。ここもけっこうな人だった。このお札、本当に有名なのね～。特に、もうお正月が近いので、初詣用のような大きなお賽銭箱も出ている。

今、私が望んでいることをお願いして最後に頭を下げたら、お賽銭箱の角の出っ張りにすごい勢いで頭をぶつけた。ものすごく痛かった。

近くで待っていた別の知人（サイキックな人）にそれを話したら、「ちょっと言ってもいいですか?」と脇へ引っ張って行かれ、とてもうれしいことを言われた。

頭ゴチンは、「もう、大丈夫だから！　それを自覚せよ」という、「良い意味での気付き」だったらしい。笑った。頭ゴチンが良い前兆って……（笑）。

でも、けっこう深いかも……普通、頭にゴチンときたら、どう考えても「反省しなさい」という注意の意味での「気付きなさい」だと思いがちだけど、「ゴチン＝悪い」というのも人間の思いこみなんだね。

それからもう一度、さっきぶつけたお賽銭箱のところを見に行ったら、そこはぶつけやすいところらしく、ゴーンとぶつけている人が他にもいた。

帆「じゃあ、あれも……気付き?（笑）」

「そうです。その人なりの気付きがあるんです」
と当然のことのように言うからまた笑った。
これから、もっとすべてをプラスに受け取ろうっと。

その後、茶道に行って、それから久しぶりに実家へ。パパさんと話す。パパさんも一陽来復の札のことを知っていた。ケーキを食べて、穏やかな夕方。

さて、今は夜中の12時過ぎ。さっき、00：00ちょうどに、今日いただいたお札を貼った。お札は来年の節分まで配っているそうだけど、貼れるのは今日（冬至）と大晦日と節分だけ。

12月23日（火）

朝、目を開けると、あのお札が目に入った。

ベッドでゴロゴロしながらフェイスブックを見て、タラタラ起きて、掃除。

クリスマスプレゼントに当選されたホホトモの皆さまに、クリスマスカードを書く。

午後は買い物へ。フルーツの試食コーナーにいる店員さんが、まだ若い白人の男性だった。

最近、ここの店員さんも外国人が多くなってきたけど、アジア人の女性が多いから、さすがに白人の男性がいると驚く。完璧な発音で「パイナポー、パイナポー」と声をかけていた。

今日は、クリスマス用のチキンの丸焼きの下ごしらえをする。中に詰める大量の材料を刻

んだ。本当は一晩寝かせる必要があるのだけどそんなことはしていられないので今日でいい。また今年も、あのグロテスクな鳥の丸裸にお尻の穴からズブズブと詰め、プスプスと丈串を刺す。筋肉の動きまでわかる手羽の様子……ウウウッと思いつつ、写真を撮る。
そこへ、明日来る友達たちからライン。「シャンペンいろいろ、ワインいろいろ、ビール一箱、生ハムを一箱、おすすめのチーズたっぷり、自家製パン、チョコレート類、クリスマスケーキ、アイスクリームなどを持って行く」だって。

12月26日（金）

この2日間は、いろ〜んな人たちと、入れ替わり立ち替わりのクリスマスだった。怒涛《どとう》の日々だった。今日、ツリーを片づける予定だったけど、まだいいかと思う。

12月27日（土）

クルーザーの3人組で、あるダンスパーティーに参加した。

すごく不思議な空間だった。

会場のホテルには、みなさん「社交ダンスをしています！」という風貌《ふうぼう》の人たちが老若《ろうにゃく》男女《なんにょ》たくさんいた。どことなく風変わりな、ちょっと昔っぽい感じの人たちの中で、私たち「踊らない3人組」は、異質だったかも。

「もしダンスに誘いにこられちゃったら、3人で大声で話して気付かないフリしようか」とか言っていたけど、さすがに何回も熱心に誘ってくださる方がいたので、一回だけ踊ることにした。

そこでアクシデント勃発。ヒールでドレスの裾を踏んだままテーブルから立ちあがってしまい、ビリッと破けた……。踊っているときは動いているので気付かれないと思うけど、止まったらわかるかも……と思い、それからは、お化粧室に立つときも、食事をとってくるときも、動きを止めないようにバサバサと大股で歩く。妙に勇ましく。

Yちゃんは、ものすごく年上で、しかもYちゃんより頭ひとつ背が低いおじいさんと踊っていた。なんでまた（笑）。Yちゃんは背が高いし、今日は特に高いヒールを履いているので、大人と子供みたい。

全員が自由に踊る時間が終わった後、何人かが舞台中央で紹介され、それぞれソロで踊り始めた。これまた「どうしてこの人がソロで？」と思ってしまう年配の女性だったんだけど、「それはこのパーティーの一番の支援者だから！」と友達にささやかれて、そういうことかと納得する。

パーティーが終わって、「さあ3人でお茶でもしましょう♪」というときに、さっきのおじいさんが私たちを探しているのが見えたので、急いで別のエレベーターで1階に降りる。

12月28日（日）

年末って、静か。
親は軽井沢に行った。

さて、今日は江島神社に弁財天様を拝みに行く。
午前中に出て、渋滞もなくスイスイ着いて、弁財天様を拝む。
友達に言われて気付いたのだけど、今年は年始から厳島神社で弁財天様を拝み、バリ島に

2回も行って弁財天の元祖「サラスヴァティー」を拝み、そして最後は湘南の弁財天様に来るなんて……金運に始まって金運に終わった一年だった。そうだ、「一陽来復」のお札も貼ったしね。

江の島の展望台に登って、和のカフェでしらす丼を食べて、おかきを何種類か買って車に乗る。私の部屋のお札コーナーに、弁財天様のお札を大事に飾る。

12月29日（月）

友達と、映画『バンクーバーの朝日』を観に行く。

戦時中の海外開拓民の先の見えない貧困と差別……こういう映画だったのか。

最近好きな池松壮亮《そうすけ》が出ていた。演技が上手だと思う。

それから主人公の妹役だった高畑充希《みつき》、彼女の演技もすごかった。

チームのナインの前で歌を歌うところなど、どう考えても演技とは思えない。鳥肌が立ったほど。

12月31日（水）

この数日、よく遊んだ。

今日はこれからベートーベンの交響曲を聴きに行く。

コバケンの指揮で、第一番から第九番までを一晩で聴くという……、休憩を挟みながら10時間、どんなことになるのだろう。

それを楽しみに、
今年最後の掃除
お気に入りの室内着と
ゴム手袋で

テンションを上げる

あとがき

２０１４年は本当によく「掃除」をした年でした。年初、あの漫然と流れていた生活にないつの間にか変化を起こしたくて「床の水拭き」を始め（それがここまで効果的だったとは自分でも驚いています）、そのおかげで予定外のスピードで引っ越しを完了したあたりから、ようやく少し気持ちが上向きました。……そうです、２０１４年の私は全体的にちょっと停滞していたのですよね、特に前半が。

文中にも出てきますが「私は一体どこに向かっているんだろう」という感覚が抜けず……日常に起こる出来事や人との触れ合いを通して、「やっぱり私はこういうことが好き！（こういうことは苦手！）」という自分の好み（色）が、これまで以上にはっきりとわかりました。それがわかると、どうしたって自分の人生は自分好みにしかなっていかないことがわかり（だって選択の瞬間に「こっちがいい♪」と判断するのは自分自身なのですから）、妙に安心した気持ちになったのです。私好みの人生♪……本当の意味で、「みんな違ってみんないい」なのだと思います。

それでは、また来年！　……廣済堂出版の皆さま、私の大事な人たちや読者の皆さま、今年もお世話になりました。ありがとうございました。

浅見帆帆子

著者へのお便りは、以下の宛先までお願いします。
〒104-0061　東京都中央区銀座3-7-6
株式会社廣済堂出版　編集部気付
浅見帆帆子　行

浅見帆帆子公式ホームページ
http://www.hohoko-style.com/
公式フェイスブック
http://facebook.com/hohokoasami/
ジュエリーブランドAMIRI
http://hoho-amiri.com/
浅見帆帆子ファンクラブ「ホホトモ」
http://www.hohoko-style.com/club/

本書は書き下ろしです

自分を知る旅

毎日、ふと思う⑭　帆帆子の日記

2015年11月30日　第1版第1刷

著　者 —— 浅見帆帆子
発行者 —— 後藤高志
発行所 —— 株式会社廣済堂出版
〒104-0061 東京都中央区銀座3-7-6
電話03-6703-0964（編集）　03-6703-0962（販売）
Fax 03-6703-0963（販売）
振替00180-0-164137
http://www.kosaido-pub.co.jp
印刷・製本 —— 株式会社廣済堂

ブックデザイン —— 清原一隆（KIYO DESIGN）
DTP —— KIYO DESIGN

ISBN978-4-331-51980-6 C0095